Scrittori italiani e stranieri

Francesco Durante

SCUORNO

(VERGOGNA)

MONDADORI

Dello stesso autore in edizione Mondadori

Italoamericana
Storia e letteratura degli italiani negli Stati Uniti. 1776-1943
(2 voll.)

«*Scuorno (Vergogna)*»
di Francesco Durante
Collezione Scrittori italiani e stranieri

ISBN 978 88 04-58260-1

I edizione agosto 2008

Scuorno
(Vergogna)

A Fabrizia Ramondino

L'Europe finit à Naples et même elle y finit très mal.

AUGUSTE CREUZÉ DE LESSER
Voyage en Italie et en Sicile (1806)

Uno

Si dice: emergenza. È la parola-valigia dentro la quale stipiamo la cronicità dei problemi, lo sforzo compiuto per dimenticarcene, e il loro improvviso ripresentarsi in forme acute. Siamo stati la città dell'ultima epidemia di colera in Europa (1973). Quella del terremoto (1980). Quella delle ricorrenti faide di camorra: cutoliani contro Nuova Famiglia (anni Ottanta del XX secolo), Alleanza di Secondigliano contro tutti (anni Novanta), dilauriani contro scissionisti (anni Zero del XXI). Ora, dell'immondizia. I futuristi gridavano che "bombardata, Napoli canta". Anche la crisi dei rifiuti stimola la nostra vena musicale. Fu quasi profetico Tony Tammaro nel 2005, quando incise *The Dark Side of the Moonnezz*. Ora gli sono venuti dietro numerosi epigoni. Uno di loro si produce in un travolgente *Toda joia toda monnezza*, ballabile e sconsiderato. E sere fa, ai Tribunali, al Teatro di nome e di fatto Instabile, ho sentito i leggendari Virtuosi di San Martino battere ogni record autocritico esibendosi in un brano di raggelante umor nero: *Il grande errore di Adolf*, dove si parla di un "dittatore un po' incapace", di un "razzista dilettante", che per il suo esperimento di genocidio aveva sbagliato popolo. Perché mai prendersela con gli ebrei, se già c'erano i napoletani che davano e danno "realmente un gran fastidio"?

Di sicuro una disgrazia più devastante di questa, su un piano anche simbolico, non poteva capitarci. Sepolti dall'immondizia, è come annegare in un mare di merda, che peraltro noi stessi abbiamo prodotto. È sì una cosa da ricchi, ma forse anche il destino in assoluto più ignominioso che possa toccare a una città, alla sua immagine, alla sua credibilità. Una sventura tanto più colossale quanto meno drammatica dell'alluvione di New Orleans. Il nostro disastro è lento, silenzioso, strisciante, diffuso. Come molte cose napoletane, non ha né capo né coda, ed è perciò più difficile da governare. Sembrando, inoltre, una indiretta conferma di pregiudizi e stereotipi radicatissimi – sulla scarsa pulizia, la sciatteria, la trafelata inciviltà e l'inemendabile attitudine al caos dei napoletani – induce all'ironia, al sarcasmo, e anche al riso. Una tragedia ridicola, insomma, e in quanto tale tipicamente nostrana.

Ci pensavo oggi, 7 gennaio 2008, mentre a bordo di un vecchio tram me ne stavo in silenzio e come in trance pigiato in una folla del pari taciturna e assorta. Mi è parso che la mortificazione ci attanagliasse tutti, che rendesse automatici i nostri gesti e ne escludesse ogni sorpresa. Che, perfino, avesse silenziosamente instaurato, in quella desolata rassegnazione, forme inedite e oblique di spontaneismo civico, per cui quelli che dovevano scendere lo facevano mettendosi in fila in buon ordine sulla porta d'ingresso, e quelli che dovevano salire lo facevano, altrettanto disciplinatamente, su quella dell'uscita: così, senza fallo, senza l'abituale ingorgo delle fermate. Ho notato questo curioso fenomeno un attimo prima che il mio sguardo si posasse su uno degli adesivi con i quali l'Azienda Napoletana della Mobilità ha da tempo decorato molti dei suoi mezzi. Non sono altro che degli avvisi, di quelli che si possono trovare sugli autobus di tutto il mondo, solo che questi sono scritti in dialetto, e presumo abbiano la funzione di strizzare l'occhio al turista offrendogli una piccola nota di color locale. Su quello che vedevo in quel momento stava scritto: "A lietto stritto, cocchete 'mmiezo" (cioè: se il letto è stretto, còricati in mezzo), un motto idiomatico che nel caso specifico dovrebbe voler dire, come precisava il cartello: "Scendere dall'autobus utilizzando la porta centrale". E il fatto che su quel vecchio tram una porta centrale semplicemente non c'era, e che dunque quell'avviso non aveva alcun senso, mi ha incupito, ha aggiunto frustrazione a frustrazione, come l'ennesima prova della nostra invincibile cialtronaggine, che si palesa nella sua madornale inadeguatezza specie quando si tratti di far funzionare un sistema complesso, come per esempio è quello del traffico.

Qui è tutto un po' scassato e improbabile, al punto che quando una cosa funziona ne siamo sempre piacevolmente sorpresi, e ancor più carichi di meraviglia ne sono gli altri italiani, usi come noi a considerare Napoli una Caporetto del senso comune, una realtà perdente e immodificabile.

Ebbi una prova molto forte di questo senso di sorpresa nel 1996. Allora vivevo nella grigia Milano del sindaco leghista Formentini. A Napoli, invece, il sindaco era da poco più di due anni Bassolino, e l'Italia intera guardava stupefatta ai miracoli che non più san Gennaro, ma il Comune stava compiendo sotto il vulcano. «Beati voi!» mi sentivo dire da colleghi milanesi in stato di predepressione, umiliati all'idea che la loro ospitale città fosse diventata il bivacco dei guerrieri padani, e non nascondo che un brivido d'orgoglio, mai prima veramente provato in quanto napoletano, mi correva lungo la schiena. In quel periodo, del resto, nella stessa Napoli poteva capitare di assistere a scene inaudite: un pedone faceva una risentita paternale a un automobilista passato sulle strisce un attimo prima del verde, signore col dito alzato catechizzavano poco solerti cittadini rei di aver gettato il sacchetto dell'immondizia nel cassonetto in anticipo sull'orario previsto, o rampognavano proprietari di cani che non avevano prontamente rimosso le deiezioni dei loro cuccioli. E il bello era che i rimproverati non replicavano, come ci si sarebbe potuti aspettare, con un regolare "fatti i cazzi tuoi", ma stretti e contriti in una luce di imbarazzata modestia, a capo chino, accettavano le critiche senza fare spallucce, e al massimo allargando le braccia in una muta richiesta di perdono.

Tutto questo è durato pochissimo nella realtà, e un po' di più, come sempre accade, nella sua percezione mediatica. Per me oggi Antonio Bassolino è, come già in qualche modo l'avevano ritratto Toni Servillo e Mario Martone in un episodio del film *I vesuviani*, una grande figura dolente e tragica, l'emblema vivente di una speranza tramutatasi in disillusione al termine di una parabola che avrebbe meritato almeno l'onore delle armi, e non ha avuto nemmeno quello. Quello di Bassolino è stato un classico peccato di *hybris*, da scatenare l'invidia degli dèi. Ci aveva provato; aveva cercato, coi poveri mezzi finanziari a disposizione di un Comune dissestato, e molto di più facendo leva sull'energia del carisma che gli derivava dall'elezione popolare, di risvegliare l'orgoglio dei napoletani. Era riuscito a convincerli che era bello e onorevole essere cittadini di questa città, era giusto sentirsene parte, contribuire alla sua riscossa, far sapere al mondo intero che qui si sta bene, si prova gioia, si vive felici. "*Oui, je suis napolitain*" proclamavano allora le T-shirt più vendute in città; e quando, nel Natale 1995, auspice il Comune, Mimmo Paladino realizzò in piazza Plebiscito la celebre *Montagna di Sale*, sembrò di arrivare al capolavoro civico: nella città più antica e passatista, al centro della gran piazza liberata con gesto rivoluzionario dal tappeto di lamiere che da sempre la ricopriva, l'arte contemporanea diventava la celebrazione di un nuovo rapporto tra cittadini e istituzioni, un rapporto cordiale e profondamente democratico. Come se quell'arte fosse sempre stata in mezzo alla gente, la gente la usava, i ragazzi scalavano la montagna e ne discendevano la china con slitte improvvisate.

Circolò per il mondo l'immagine strepitosa di Bill Clinton nei vicoli dei Quartieri Spagnoli, impegnato a divorare la più classica delle pizze così come la si mangia per strada, cioè "piegata a libretto", esattamente come in tutte le altre città dell'universale fratellanza del pane e companatico si mangerebbe un qualsiasi tipo di *junk food*: un falafel, un sandwich col pastrami, un pita-gyros. C'era a quel tempo un assessorato comunale alla Normalità, e io giunsi quasi a preoccuparmi che Napoli, "passo dopo passo, un poco alla volta" – come sempre andava ripetendo Bassolino nella sua caratteristica cadenza afragolese – potesse diventarmi per davvero una città "normale", perdendo, insieme a tante negatività, anche una parte della sua anima, e insomma ciò che, nel bene e nel male, la rende unica. Lo temevo davvero, e non bastava a rassicurarmi il fatto che, all'epoca, il vecchio assessorato comunale alla Cultura avesse cambiato intitolazione, e fosse divenuto un assessorato all'Identità.

L'ho detto e lo ripeto: per me Bassolino, magari anche in virtù di certi tratti della sua fisionomia, è questa grande figura tragica che oggi, nel momento in cui gli si rivolta contro una parte dei troppi che per anni gli hanno fatto silenziosa corte e muto pretorio contribuendo a cristallizzarne la solitudine e di conseguenza un'inclinazione al dirigismo che viene da lontano, si staglia più sola che mai nel cielo inutilmente azzurro della Campania. A un certo punto è stato risucchiato prima al Ministero del Lavoro e poi alla Regione, e il gioco si è fatto più duro, e c'è stato bisogno di giocare con pari durezza. Ha giocato e ha perso. La sconfitta ha assunto le proporzioni di uno spettacolare fallimento, così grandioso da superare qualsiasi possibilità di previsione. Alla fine, nelle turbe festanti di quattro elezioni vinte a mani basse e a furor di popolo, si sono infiltrate schiere crescenti di rabbiose *tricoteuses* della penultima e dell'ultima ora. In fin dei conti, è quasi logico che sia andata così: per certi versi, quella di Bassolino era parsa quasi una rivoluzione, e le rivoluzioni, anche quelle mancate, molto spesso finiscono nel peggiore dei modi. Da un certo punto di vista, però, le forche del '99 sono di gran lunga preferibili alla morte per spazzatura: furono più sbrigative, un lavoretto pulito e risolutivo, tutt'altro da questo scombino d'immondizia presa da una parte e portata di qua e di là che – per tenerci al patibolare e per dirla con Lichtenberg – è come metterci un parafulmine, sopra a una forca.

Con le rivoluzioni, in effetti, Napoli intrattiene un rapporto assai tormentato e difficile. Nel corso della storia ne ha avute parecchie, e almeno due sono rimaste memorabili: quella di Masaniello, nel 1647, e quella dei giacobini, nel 1799. Entrambe si presentano alla posterità, come tante cose di questa città, in un'inestricabile miscela di tragedia e di farsa. Con

Masaniello c'è l'improvviso ridestarsi di un popolo che da quel momento in poi per tutta Europa diventa l'epitome sinistra di ogni più turpe *jacquerie*, un orribile popolaccio da cui guardarsi con ogni mezzo. Impressione ribadita, con ancor più feroce evidenza, nel momento in cui naufragano le speranze repubblicane del '99, risvegliate peraltro da una élite aristocratica che illuministicamente s'era messa in capo di educarlo, quello stesso popolaccio da cui si sarebbe dovuta guardare, e che a tal fine pensò di irregimentarlo in un sistema di obblighi più formali che sostanziali, tali da prefigurare una mentalità da khmer rossi (e sia pure non altrettanto violenti), e persino a propinargli giornali murali in dialetto, dimenticandosi che era analfabeta. (Corsi e ricorsi: alle elezioni politiche dell'aprile 2008, un ministro dell'uscente governo Prodi si è rivolto al popolo di Napoli con manifesti che ammiccavano: "*I share Nicolais*".) Ovvio perciò che di quei rivoluzionari, i sanculotti del cardinale Ruffo, vale a dire la parte più cospicua di quello stesso popolaccio renitente alla propria edificazione, e la sua versione provinciale, ancor più belluina e irredenta, facessero letteralmente un sol boccone. Se li mangiarono per le strade, con lo stesso bestiale trasporto con cui, nel 1982, Pasquale Barra detto *'o nimale* avrebbe addentato le interiora di Francis Turatello nel carcere speciale di Bad 'e Carros. Il corpo senza vita di Eleonora Pimentel Fonseca danzava sulla forca di piazza Mercato e la gente gli ballava intorno, oscenamente sbirciando sotto la sua veste, lanciando grida di giubilo all'indirizzo del boia "mastro Donato" e cantando rime all'impronta sul ritmo di una giga indiavolata:

Addò è gghiuta 'onna Eleonora
C'abballava 'ncoppa 'o teatro
mò abballa miez' 'o mercato
'nzieme cu mastu Donato.

Da quel bagno di sangue nacque il Risorgimento italiano, che dunque portava con sé il germe di un possibile fallimento, unito alla convinzione profonda dell'impossibilità di recare vera luce di civiltà in contrade tanto buie e infide, se non servendosi di una forza brutale: la stessa che venne adoperata per reprimere il brigantaggio postunitario. "Se vedi un lupo e un piemontese, spara prima al piemontese" è rimasto scritto nella memoria di tante genti dell'Appennino meridionale.

Ho usato la parola "rivoluzioni" e mi accorgo che essa, accostata all'indole napoletana, così poco proclive alla mobilitazione strategica di massa, suona quasi come un paradosso. Meglio si farebbe a chiamarle "rivolte" o, più all'antica, "tumulti", "moti", "rivolture". Improvvise tempeste che si scatenano nel mare, e sollevano onde impressionanti, e inghiottono superbi navigli. Poi il mare si placa, perde ogni increspatura residua, e sembra che non si sia mai mosso. Resta, nelle sue profondità, il relitto di ciò che è stato, depositato al di sopra di altri relitti morsi dalla cancrena del tempo eppure riconoscibili ancora, sempre che un Colapesce qualsiasi voglia scendere in apnea a visitarli, a incontrarne i fantasmi della colpa e del rancore, che li abitano e che di lontano sussurrano nenie incomprensibili e moleste. La storia si incista nel ricordo e pretende di rimanere attuale; e retrospettivamente si muta in un gioco delle parti del quale gli stessi attori a un tratto perdano il filo. Così nel '99: fu più "rivoluzionario" il gesto dei giacobini asserragliati a Castel Sant'Elmo e già consapevoli della loro sconfitta, o quello delle orde sanfediste che, rappattumate alla men peggio per monti e campagne, risalirono dalle lontane Calabrie in una marcia vittoriosa che le condusse fino alla capitale? E i sanfedisti, se davvero si volesse vedere in loro il seme di un'energia autentica, questi che cantavano di voler difendere il re e la religione, come facevano a essere appena i pronipoti degli stessi che soltanto un secolo e mezzo prima non avevano esitato a scendere in piazza per opporsi all'arrivo in Napoli del tribunale dell'Inquisizione?

A Napoli non c'è motivo alcuno di confidare nella saggezza di quella grande parte di popolo che soltanto in questa città continua a poter meritare l'aggettivo "basso". Esso è mutevole e capriccioso come un bambino viziato. È ancor oggi un popolo adagiato su una prospettiva di vita di stampo premoderno. Un popolo che, mentre il mondo intero viaggia, si sposta, sceglie di cercare fuori dal proprio orticello gli spazi di una fortuna che sente di meritare, lamenta invece come una terribile sciagura l'eventualità di migrare, di staccarsi dalle sue eterne abitudini, dalla famiglia, dal quartiere, dal detestabile panorama della sua miseria. Un popolo che, in buona sostanza, preferisce adattarsi al precariato della città, fidando nel fatto che da quella mensa potrà pur sempre cadere qualche briciola. Come altrimenti spiegare la densità abitativa di una metropoli che ormai, senza soluzione di continuità, va da Caserta al Vesuvio, e aggirandolo si spinge da una parte verso la penisola sorrentina, e dall'altra verso l'agro nocerino fin quasi alle porte di Salerno? Come spiegare che siano ancora tutti qui, qui dove non è rimasto nulla, non un'industria, non un centro direzionale, qui dove le fabbriche sono illegali e gli stipendi in nero, qui dove l'unico vero welfare è la clientela politica – graduata dal ruolo dirigenziale fino a quello dell'ultimo lavoratore socialmente utile – o l'affiliazione criminale?

È solo aggiornandolo a questo panorama di macerie che riesco ad apprezzare il famoso grido rivolto nel 1972 da Eduardo De Filippo ai giovani di Napoli: *Fuijtevenne!* E mi auguro che quell'invito partisse da considerazioni simili a quelle che ho svolto; che soprattutto servisse, cioè, a mettere in guardia i giovani dal rischio di rimanere impaniati in questa ragnatela dei familismi, delle contiguità, dei servaggi attraverso i quali si può comunque stentare un'esistenza, ma pagando l'orribile prezzo che da troppo tempo noi napoletani paghiamo, e che è quello d'essere stranieri in un paese di cui il mondo ha tuttavia consapevolezza quasi soltanto in virtù delle nostre invenzioni e delle nostre disgrazie. I rifiuti, o gli ammazzamenti di camorra, occupano quasi per intero il campo visivo. Si stenta a ricordare che tanta gente, malgrado tutto, continua a vivere, a lavorare, a cercare di costruire con dignità il proprio futuro. E non si pone mente, o lo si fa in maniera distratta e magari perfino stizzita, alla paradossale circostanza che proprio a partire da questa enorme precarietà Napoli riesce ancor oggi a imporre su una scala internazionale il senso e il valore della propria febbrile creatività. C'è il cinema e c'è il teatro, e tanta arte contemporanea, e una vivacissima scena musicale. E forse non c'è in Italia una città che produca più scrittori. E se andassero tutti via?

L'altro giorno, Dirk Schümer, giornalista della "Frankfurter Allgemeine Zeitung", uno che tra l'altro vive in Italia, a Venezia, mi ha detto candidamente, come se fosse la cosa più ovvia del mondo: «Io me ne andrei». E io, che me ne sono andato già due volte, e altrettante sono tornato, e che ogni volta ho dovuto ricominciare da capo, senza che a nessuno, direi giustamente, gliene importasse nulla di ciò che avevo fatto, per il semplice motivo che non l'avevo fatto qui, perché non avevo avuto la pazienza di attendere che la giostra napoletana del caso, lenta e farraginosa, mi elargisse prima o poi un qualche riconoscimento; io che di andate e ritorni ne so qualcosa, ciononostante non ho saputo che dirgli e, anzi, non ho potuto fare a meno di tornare a domandarmi: quelle due figlie che ho, quale medico mi ha mai ordinato di farle crescere qui?

La verità è che non so come rispondere. Me ne andrei anche subito. Me ne andrei in America, anche a Omaha, Nebraska, o a Flagstaff, Arizona. E nella prossima vita conto di rinascere alla periferia di un villaggio delle isole Lofoten, e di intraprendere un'onesta carriera nel ramo baccalà. Di lavorare coscienziosamente ogni giorno dalle nove alle cinque, di andare a letto presto, e di calare ogni due-tre settimane a Oslo, prendere il traghetto e andare a sbronzarmi per il weekend nella tentacolare Copenaghen. Il pensiero della Norvegia, sensibilmente più vasta dell'Italia e meno popolata della provincia di Napoli, vive nei miei sogni, dove un pascolo di renne si sostituisce alle vacche sacre di Chiaia, voglio dire i cani randagi che grossi, pigri e malmostosi si aggirano indisturbati nelle vie del cosiddetto "salotto di Napoli" sbranando ossi e frattaglie che un soave macellaio gli butta sul marciapiede come spargendo petali di rosa di tra l'andirivieni di finte bionde e giovanotti col cavallo basso. Poi mi sveglio e, fanculo, me ne resto qui: voglio abbrutirmi tra i miei simili, incarognirmi anch'io su quell'unico osso e stento intorno al quale tutti ci si assiepa; voglio far finta di niente ogni volta che mi gira, e andarmene a Capri invece che ai laghi; voglio riempirmi gli occhi di un blu abbacinante, e bere il mio gin tonic nel sole del tramonto. Sono lussi modesti, lo so, ma intanto me li posso concedere. E poi voglio anche vedere come va a finire, e se del caso dare una mano.

Dovrebbero dargli una medaglia, a quelli come me, oppure farne dei pubblici zimbelli. Quelli che un giorno lontano si sono trovati nella città di Diomira, ed era una sera di settembre, e da una terrazza una voce di donna gridava: uh! e sono stati felici. Quelli che poi credono di esserci ritornati, a Diomira, e invece stanno solo a Isidora. La città che sognavano era quella che li aveva contenuti da giovani, e i loro desideri, come scrive Calvino, ormai sono già ricordi.

In tv, la scrittrice Valeria Parrella ha risposto con argomenti brillanti alla domanda che le avevano fatto, e cioè: perché resti a Napoli.

Adesso la sto aspettando qui, all'angolo tra via Duomo e via Foria: in assoluto uno dei punti più rumorosi della rumorosa città di Napoli.

«Sant'Anna dei Lombardi lo batte», mi assicura però Valeria, che è venuta al nostro appuntamento, e poi mi conduce nella saletta da tè di un bar di Foria, la "grande via" di Anna Maria Ortese punteggiata di cumuli di rifiuti.

«Perché non me ne vado? Già, perché? Potrei dire: ho un contratto di fitto talmente vantaggioso che chi me lo fa fare a spostarmi?»

«Quanto paghi?»

«Quattrocentocinquanta euro al mese per centoquaranta metri al sesto piano. Da una parte vedo il mare, dall'altra Capodimonte.»

«Che sfiga.»

«Ma mi rendo conto che questo, da solo, non basta. E allora ti dico che posso godere di un microclima esistenziale che trovo particolarmente felice. Forse sono una privilegiata, anzi: sicuramente lo sono. E non voglio nemmeno mascherare questo mio rimanere a Napoli come il segno di una speciale militanza. Non mi arruolo tra quelli che dicono: sai, se ce ne andiamo anche noi... No, non è così – la militanza, semmai, è il gradino successivo, quando hai deciso di rimanere, e sei rimasto. La verità è che non ho una risposta coerente, non l'ho ancora trovata. Ma a chi mi chiede perché non me ne vado, per adesso più che altro mi viene da rispondere: ma perché non te ne vai tu?»

«Forse resti qui perché Napoli ti è necessaria per scrivere le storie che scrivi.»

«Ma non è neanche vero che Napoli sia poi tutto questo generatore di storie. E se anche lo fosse, Napoli te la puoi portare dietro dovunque, come hanno fatto la Ortese o Erri De Luca o tanti altri. Ho un marito di Perugia, Lorenzo: ha il passo lento e le chiusure della sua città. Quando ci siamo sposati, e quando poi abbiamo avuto Andrea, mia madre e mia suocera credo fossero convinte che saremmo andati a vivere in Umbria. Che sarebbe stato più facile crescere il bambino andando a passeggio in corso Vannucci o in gita sui prati di Umbria Jazz. Però io non ho mai pensato di andarmene. Non solo: quando qualcuno dei miei amici se ne va, mi viene da fare una specie di funerale. Anche se se ne va a stare a Roma, a un'ora e venti di treno da qui.»

«Che cos'è quel "microclima esistenziale" di cui hai parlato?»

«Ognuno sente la sua città in modo diverso. Io qui mi sento accolta, anche se magari non è vero. Lo so che è un sentimento improprio, ma basta a riconciliarmi con la realtà. Napoli ha questo potere su di me: se tu esci e ti muovi nel centro storico, è davvero difficile che passi da solo le tue giornate. Te l'ho detto: è un sentimento improprio, e io non credo che altrove sia molto diverso, non credo che qui ci sia una rete più solidale che altrove. Però questa percezione ce l'abbiamo.»

«E perché?»

«Da mia madre credo di aver ereditato la capacità di riuscire a parlare con tutti come se fosse la cosa più naturale del mondo. Con Lorenzo una volta abbiamo fatto una fila di un'ora davanti alla funicolare e abbiamo conosciuto uno che ci ha raccontato per filo e per segno tutto un fatto suo, privatissimo e complicato. Lorenzo mi ha preso in disparte e a bassa voce ha chiesto: "Ma lo conosci?". Capisci che cosa voglio dire? In un'altra città, se consideri la vita del quartiere, forse succede lo stesso. Nei piccoli paesi succede di sicuro. Ma qui succede indipendentemente dal quartiere. Dobbiamo pensare che questa sia l'unica grande città che in fondo è come un paese? Non lo so. So però che da piccola mi è capitato di vivere in un paese, a Nocera Inferiore. Accadde dopo il terremoto. Mio padre insegnava al liceo di Nocera e ce ne andammo a stare lì per un periodo perché in casa a Napoli c'erano da fare i restauri. Ricordo ancora l'oppressione del paese, e nota che ero proprio piccola, avevo sette, otto anni. Tornavo a Napoli, per andare a trovare dei parenti, e mi sembrava una cosa incredibile. Da sola, attraversavo mezzo Vomero, da San Martino fino a via Luca Giordano, ed era come respirare un'altra libertà. Sentivo l'abbraccio della grande città, ma non era come quello del paese. La grande città ti abbracciava e poi ti scaricava. Ecco: forse il punto sta qui.»

«L'abbraccio e l'estraneità. Ma anche questo può essere di tutte le città.»

«Non so. Nel libro *L'infanta sepolta* di Anna Maria Ortese c'è un racconto, s'intitola *L'amico del principe*, in cui si parla di una compagnia di amici che poi era quella raccolta intorno alla rivista "Sud". Lei dice chi sono: studenti, neogiornalisti, maestri e anche operai, e dice che tutti si tengono assieme a partire dal fatto che almeno due sono *veramente* amici, e intorno a quelli, intorno al loro incontro "distaccato e raggiante come quello degli astri", tutti gli altri si mettono insieme non appena riconoscono "l'umanità di un accento" comune. Hai presente quello che succede quando pigli un taxi? Che subito ti metti a parlare per fargli capire che sei di Napoli, e che non potrà farti scemo? Forse non è soltanto una strategia preventiva, forse serve anche a rimarcare che tu fai parte della sua stessa comunità. A Milano non è così.»

«Lì tutti i tassisti sono pugliesi. Pugliesi e leghisti.»

«Giusto. Ma insomma, qui è diverso. Sotto casa ho due commercianti. Fin da quando sono venuta a stare qui, uno di loro ha iniziato a ritirare la posta per me – anche le cose per cui c'è bisogno di una firma o di una delega. Io l'ho lasciato fare perché è una gran comodità. Lui lo fa così, semplicemente, senza chiedermi nulla – e neanche il postino, se è per questo. Poi ce n'è un altro che è particolarmente contento di sapere che abito qui – figuriamoci, una che scrive libri nel palazzo! – e allora, con la massima naturalezza, ma anche con tanta vera gentilezza, se andiamo via in vacanza lui raccomanda alle guardie giurate che vengono per il negozio di farsi un giro anche nel palazzo, e di salire fin su da noi per vedere che tutto sia a posto.»

«Fai un mestiere che non ti impone orari. Hai successo come scrittrice. Ti trovi insomma nella condizione ideale per vivere in una città dove, per chi non ce l'ha ancora fatta, tutto è molto più duro e faticoso.»

«So di essere una privilegiata, l'ho già detto. E so benissimo quanto bisogna faticare qui a Napoli per vedersi riconosciuto qualcosa. Ma questo fa parte del piacere di starci. Voglio dire: qui, se riesci a fare una cosa, diventa quasi un gesto politico. Vuoi mettere la soddisfazione?»

«È come averla spuntata dopo un lungo percorso a ostacoli.»

«Una gran fatica, e tante incazzature. Il peggio a Napoli è lavorare con le istituzioni. Non siamo abituati alla linearità, alla trasparenza. Alle cose ci dobbiamo sempre arrivare per vie talmente traverse... Poi ci sono gli istituti di cultura, i giornali, il Teatro Stabile... e lì c'è una specie di bilanciamento tra il carattere istituzionale e quello privato. Anche lì c'è bisogno di qualche accomodamento, però va bene. E poi c'è la bellezza di lavorare totalmente con le persone, di provare la stessa energia, lo stesso entusiasmo. È come se si fondasse un'amicizia intorno a un fatto. È vero, devi farti il mazzo, ma è anche vero che qualunque cosa fai, anche minima, il valore è maggiore. Forse non è nemmeno giusto: le cose dovrebbero valere per quello che sono, però intanto è così.»

«Questo per il lavoro. Ma poi ci sono anche le cose di ogni giorno, quelle banali che ci rendono la vita più difficile: l'immondizia, la violenza... tu come le vivi, come ti difendi?»

«Io ho un'arroganza che so adoperare. In fondo qui sono cresciuta, e mica mi va male. Quando mia madre era incinta di me, a Napoli c'era il colera. Non penso che ora le cose siano più tragiche di com'erano venti o trent'anni fa. È una tragedia reiterata che da qualche parte riesce a trovare la sua compensazione, altrimenti la città sarebbe già conflagrata da un pezzo. Insomma, prima magari ti accoltellavano per fame, ora lo fanno per prenderti il cellulare.»

«Avverti la pericolosità di Napoli?»

«L'avverto qualche volta. Sono abituata a non tenere mai la borsa dal lato della strada, però non l'ho cambiata con uno zaino. E mi porto appresso i documenti originali, non le fotocopie. Poi, te l'ho detto, ho le mie arroganze. Tempo fa ero in fila in farmacia e arriva questo gruppo di *ianare* che appena entrate chiedono una cosa. Io mi giro e gli dico: guardate che tocca prima a me. E quelle incominciano a sfottere: sì, vabbuo', 'a bambulella 'e gesso... allora io mi giro e avrei voluto dargli la classica capata in bocca, e invece mi viene: ma scusi, sta parlando di me? Ma non si rende conto che ci vorrebbe un po' di rispetto in più? E quella allora ha continuato, ma con un tono sempre più sommesso. Io mi dicevo: ora esco e mi picchiano, poco ma sicuro. Però non l'hanno fatto.»

«Sei giovane, hai un figlio piccolo. Riesci a vederti qui nel lungo periodo?»

«Ci riesco. Mi dico che ormai l'ho sfangata. Quanto ad Andrea, be', non lo so. Ma se infine dovessi andarmene, me ne andrei a Barcellona. Ogni volta che ci vado mi dico: ah, come potrebbe essere bella Napoli. O forse a Genova, che oltretutto sa comunicarmi sentimenti familiari: vedi quella sopraelevata del cazzo sopra al porto e ti fa una rabbia che già conosci.»

Due

Oggi, 8 febbraio 2008, ho letto su "Panorama" un'intervista al celebre artista Damien Hirst, dove si parla anche di Napoli e dei suoi rifiuti. La questione, lui la liquida in questo modo: "Il mondo è folle. Siamo tutti colpevoli. E tutti su una strada che ci porta verso l'oscurità. La spazzatura di Napoli è solo una delle tante storie buffe durante questo nostro viaggio. Ero in Austria una volta per una gamba rotta e mi svegliavano per darmi dei sonniferi. La storia dell'immondizia di Napoli è una di queste storie".

Finora, la sua unica retrospettiva, questo artista che è tra i più in vista e più pagati al mondo l'ha tenuta a Napoli, al Museo Archeologico Nazionale. Lì, nel 2003, la sua famosa pecora tagliata in due per lungo e messa sotto formaldeide ha avuto l'onore di figurare accanto al *Toro Farnese*, in un accoppiamento che più mitologico e meno giudizioso non si sarebbe potuto immaginare. "Napoli" diceva Hirst nell'intervista "è una città eccitante, piena di vita, dove la gente è tutta una sopra l'altra. Mi piacciono le città così, piene di debolezze umane." Non è la prima volta che un grande artista si pronuncia in modo simile. Le dichiarazioni di Hirst, infatti, fanno il paio con quelle di Andy Warhol, che nel 1980, pochi mesi prima del terremoto, firmò per "Il Mattino" una specie di poesia in cui diceva: "Amo Napoli perché mi ricorda New York, / specialmente per i tanti travestiti e per i rifiuti per strada. / Come New York è una città che cade a pezzi, / e nonostante tutto la gente è felice come quella di New York".

Immagino che se Caravaggio avesse avuto l'abitudine di scrivere, a proposito del suo fecondo soggiorno napoletano avrebbe detto qualcosa del genere. D'altra parte, se non con le parole, l'ha fatto implicitamente con le sue immagini, le grandi allegorie sacre come *Le sette opere di misericordia* in cui scandalosamente le figure della divinità assumono fisionomie della più cruda e dolente umanità: accattoni e puttane, sordidi pustolosi scrofolosi come dovevano essere quelli con cui faceva comunella e andava accoltellandosi. Un altro pittore suo contemporaneo, il franco-napoletano François de Nomé, ci ha lasciato opere che, dettate in apparenza dal gusto capriccioso dell'epoca, ci dicono in realtà qualcosa della città in cui furono concepite: ecco per esempio una processione di devoti, e in quel preciso momento, mentre sta passando, c'è un palazzo che sta per crollarle addosso – si vedono le pietre più in alto che si sono già staccate e incominciano a precipitare.

Gli artisti hanno un fiuto particolare per la catastrofe. La cercano, hanno bisogno di un terreno infido, qualcosa che gli balli sotto i piedi, che ne mini la tranquillità, che li tenga in agitazione esaltandone l'ansia, pantografandone le paure, accendendone l'immaginazione. Devono sapere che il sublime di cui sono in cerca confina con il mostruoso, che basta poco perché si corrompa e rovini. "Credete a me! – il segreto per raccogliere dall'esistenza la fecondità più grande e il più grande godimento, si chiama *vivere pericolosamente*! Costruite le vostre case sul Vesuvio [...] Finalmente la conoscenza stenderà la mano verso ciò che le spetta" è del resto l'esortazione di Nietzsche nella *Gaia scienza*, a combattere l'idea di una conoscenza che si contenta dei suoi risultati e ignora l'entusiasmo dionisiaco del mettersi sempre in discussione, del costruirsi e distruggersi continuamente. E quale luogo migliore del Vesuvio, cioè di Napoli, per assaporare questa fondamentale precarietà, per spaventarsene e nutrirsene insieme, giacché "dipinte in queste rive / son dell'umana gente / *le magnifiche sorti e progressive*", come con mirabile sarcasmo scrive il Leopardi della *Ginestra*.

Ripenso all'entusiasmo che ci contagiò nel dopoterremoto, quando i Frigo suonavano il loro hit *Balli Mercalli*, Lucio Amelio lanciava il suo appello a tutti gli artisti del mondo perché dedicassero un'opera alla catastrofe campana e proprio Warhol rispondeva per primo col suo trittico *Fate presto*, riproduzione di una storica prima pagina del "Mattino". Quando le notti si andava a ballare al Diamond Dogs o al Rockery Nook e gli altoparlanti sparavano pezzi dei Talking Heads come *Burning Down the House* o *Road to Nowhere*. Nutriti com'eravamo di quella pappa un po' perniciosa che era una mistura di Baudrillard e Derrida, Foucault e i fumetti di Andrea Pazienza e Tanino Liberatore, sentivamo di essere nel posto giusto al momento giusto, noi tanti Ranxerox, irresistibili coatti sintetici del tredicesimo livello, lì, proprio lì, in mezzo a quella strada che non portava da nessuna parte, paghi di quella smemoratezza perché convinti di somigliare al saggio replicante di *Blade Runner*: come lui, ci sembrava d'aver visto cose che gli umani non potevano nemmeno concepire. E mentre Michele rollava una canna con una mano sola, i ragazzi di Falso Movimento andavano in scena con *Tango glaciale*, i Magazzini Criminali ci guidavano sul surf della postmodernità trionfante e non era ancora arrivata nemmeno l'Aids. Prima dell'alba si andava al Capo di Posillipo per vedere la colata dell'Italsider di Bagnoli. Ci si sedeva su una panchina in faccia al dolcissimo golfo di Pozzuoli e alla mole ferrigna dell'acciaieria, in attesa che il cielo, con una vampata, diventasse rosso come il fuoco. Poi, dopo un paio d'ore di chiacchiere impastate e inconcludenti, si risaliva in macchina per andarcene a casa a dormire. Svoltato l'angolo, per un attimo infinitesimale un lampo squarciava la notte. L'avevamo mancata un'altra volta.

Ripenso a queste cose dopo aver letto l'intervista di Hirst. Che cosa potrebbe rispondergli una persona dotata di senso comune? Dovrebbe dirgli, naturalmente, che i rifiuti saranno anche una storia buffa, ma che magari ci provasse lui, ad averli sotto la finestra di casa, con le zoccole che ci rovistano dentro e la puzza che sale per la tromba delle scale. Analogamente, temo che se i Frigo avessero provato a eseguire *Balli Mercalli* al cospetto della tendopoli eretta di fianco alle macerie di Sant'Angelo dei Lombardi, Irpinia, non ce l'avrebbero fatta a sfuggire al linciaggio. Per cui mi domando se con tutta quella mistica della catastrofe, cui avevamo persino dedicato un'Accademia, intitolandola a Erasmo da Rotterdam, non ci siamo baloccati un po' troppo, se per caso non abbiamo esagerato, tralasciando di dedicarci a più proficue occupazioni: rileggere *Delitto e castigo*, imparare sul serio il tedesco, ascoltare il *War Requiem* di Britten, smettere di citare a sproposito i *Grundrisse* di Marx e incominciare a prendere in seria considerazione Hayek. Molte delle persone che partecipavano a quella festa tribale negli anni Ottanta, tra l'altro senza avere piena contezza del fatto che intorno a loro la cosiddetta "classe digerente" continuava a mangiare e ruminare la città, a far affluire e a sperperare immense risorse per una "ricostruzione" che nelle zone terremotate non ha ricostruito nulla, occupano oggi posizioni di rilievo nella società cittadina, specialmente nell'ambiente accademico. Hanno attraversato l'entusiasmo esilarante di un paio di rinascimenti mancati per approdare, suppongo, a un atteggiamento di diffuso agnosticismo. Consapevoli di aver percorso una vera *road to nowhere*, o un lungo viaggio al termine della notte. Solo che qua, com'è noto, la "nuttata" non passa, anche se, fideisticamente, "adda passà".

Noialtri, cioè Napoli, siamo un problema, che dubbio c'è? Ormai troppo adulti, troppo seri e impegnati, anche, per confessare che spesso il problema che siamo ci appare irrisolvibile. Non con strumenti tradizionali, perlomeno. E allora con che cosa? Silenzio. Ma se insomma siamo, come dice Raffaele La Capria, una "capitale della decadenza", e lo siamo da tanto tempo, mica vorrà dire che tali dovremo restare per sempre, e che dunque la nostra sarà una decadenza senza fine? Logica vorrebbe che a un certo punto dal participio presente si passasse al participio passato, e che la decadenza si trasformasse in avvenuta caduta. Però è vero che qua da noi continuiamo a cadere, in uno spaziotempo infinito, in una vertiginosa profondità siderale. Mentre cadevamo, intorno a noi si disegnavano traiettorie di segno contrario, formidabili ascese partite da un punto più basso di quello in cui ci trovavamo noi appena un attimo prima. Città nascevano o si trasformavano. Terremoti le radevano al suolo, immensi roghi le divoravano, guerre terribili le cancellavano. Poi ripartivano, e di nuovo le vedevamo sfrecciare, ce ne accorgevamo soltanto nel momento in cui, puntando in alto, ci schizzavano di fianco. Noi continuavamo a decadere, e cantavamo canzoni sempre nuove. Ogni tanto qualcuno ci faceva sognare per un momento, avevamo l'illusione che la corsa si fosse fermata, ma poi invariabilmente ripartiva, lenta ma inesorabile. E da un certo punto in poi abbiamo anche avuto l'impressione che, in fondo, della nostra caduta non gliene importasse niente a nessuno. Forse eravamo ormai troppo lontani perché ci vedessero. O forse, fingendo che non fossimo mai esistiti, si sentivano meglio. È stato allora, magari, che abbiamo pensato di combinarne qualcuna di così grossa che nessuno potesse più pretendere di non vedere, di non accorgersene. E allora se ne sono accorti di nuovo, sì. E anche adesso ci guardano, curiosi e stupiti, con quel sopracciglio che gli disegna sulla fronte uno sbaffo di severa degnazione: esistiamo per davvero, non eravamo soltanto un luogo comune, eravamo ancora lì, ossignùr, una massa di brutti napoli sporchi e cattivi e con un accento, sempre loro, ma si può?

Da qualche mese ricevo molte più telefonate dal mondo di quante ne ricevessi normalmente. Mi chiamano media grandi e piccoli alle ore più impensate per avere in diretta una testimonianza, qualcosa di drammatico sulla tragedia dei rifiuti. Faccio il giornalista, so le cose che fanno finta di sapere i giornalisti, cioè *tutto*. Il mio sguardo panottico filtra ogni rappresentazione mediata della realtà: guardo la tv, ascolto la radio, navigo in internet e ovviamente leggo i giornali e di media tre, quattro libri a settimana. In questo periodo ho imparato a dire la parola "rifiuti" in almeno sette lingue diverse, compreso l'estone (si dice *praht*) – ma quello così, per uno sfizio personale. La BBC mi tormenta. Non avrei mai immaginato che un giorno sarebbe potuto accadere. Da quando c'è stata la guerra di camorra – clan Di Lauro contro scissionisti – non mi mollano più. L'altra estate è capitato che un giorno mi pescassero sul cellulare mentre ero a New York: gliel'ho detto, e che cazzo, e dopo un momento d'incertezza mi sono sentito rispondere che se volevo mi mandavano una macchina e mi portavano nei loro studi di Manhattan. Ero seduto da Katz Deli in Houghton Street, al tavolino dove Harry ha incontrato Sally, e mangiavo un gustosissimo cetriolo gigante sorseggiando Cream Soda. Gli ho detto che non era cosa. Adesso, in un giorno solo sono capaci di chiamarmi anche da tre programmi diversi. Gentili segretarie mi mettono in attesa, poi a un tratto sono *on air*.

«Salve Francesco, mi vuoi dire che cosa vedi dalla tua finestra?»

«Vedo il mare e sullo sfondo il Vesuvio. Davanti a me c'è il porto di Napoli, e precisamente un edificio settecentesco che si chiama Immacolatella Vecchia. Da lì sono partiti alcuni milioni di italiani che emigravano in America. Ci faremo un museo, là dentro.»

«E i cumuli di rifiuti, quelli li vedi?»

«No. Qui non ce ne sono. Siamo nel centro della città, qui l'immondizia l'hanno sempre portata via. Curiosamente, ne abbiamo vista di più l'altra estate, quando ci fu la prima grande crisi. I cumuli di immondizia non sono a Napoli, sono fuori, in periferia e nei comuni della provincia.»

«...»

«...»

«Parliamo della periferia. Quante tonnellate d'immondizia ci sono per strada?»

Io lo so che, se quella non era una diretta, il mio pistolotto iniziale l'avranno tagliato. Se però era una vera diretta, be', un mio piccolo, insignificante contributo, se non proprio alla Verità, almeno alla Precisione l'avrò dato. E sarà stato un contributo irritante, lo so, ma non posso farci nulla: se c'è una cosa che non sopporto è questa approssimazione, questa nuova legge della notizia in base alla quale un titolo, se non lo pompi, se non lo stressi, è come se ti fossi inflitto un "buco" negandoti la possibilità di metterti all'altezza dei concorrenti. E comunque mi dà un enorme fastidio l'idea di essere esibito come una specie di orso ammaestrato, l'uomo-cannone che non ha paura di vivere in mezzo alla spazzatura, con una buatta di pummarola per cappello e una buccia di banana infilata nel taschino della giacchetta a quadriglié. Perciò faccio il giornalista ma collaboro a modo mio. Quando tutto questo sarà finito, quando potremo riprendere placidamente a decadere cibandoci di mozzarella di bufala campana e senza più rifiuti tra i piedi, bisognerà pur guardarsi intorno. E verificare, per esempio, se è vero che abitiamo in una specie di asteroide inospitale la cui atmosfera è fatta di diossina; se dal mio box doccia scende il percolato; e se nel frattempo i nostri volti non siano stati sfigurati da orribili cheloidi, come quelli degli *hibakusha*, i sopravvissuti di Hiroshima.

Ma una cosa davvero stupefacente è la competenza con cui, a Napoli, si parla del problema. Gente che per una vita non ha mai degnato di uno sguardo quella roba lì che era soltanto la munnezza – *plain trash* – e che come tale andava dunque considerata, cioè non considerata – al punto che ciascuno se ne disfaceva secondo l'ispirazione del momento: gettandola dal finestrino dell'auto o anche provandosi a centrare il cassonetto dal terzo piano – quella stessa gente oggi disquisisce di "frazione organica stabilizzata", di "termovalorizzatore", di "sovvallo". Sanno che cos'è il "compost" e conoscono le funzioni di un "sito di trasferenza". L'acronimo CDR – combustibile da rifiuti – per loro non ha segreti, e, pur senza averla mai praticata, hanno una conoscenza minuta e puntigliosa delle varie tecniche della raccolta differenziata. Milita nelle file della Società Calcio Napoli un attaccante argentino di nome Ezequiel Lavezzi, detto "el Pocho", e pare che sia un maradonino in grado di rinverdire non troppo antichi fasti. Il numero e la pericolosità dei fanatici del pallone sono come sempre troppo alti, eppure la chiacchiera della gente batte altre strade, è diventata monomaniacale. Oggi, 9 febbraio 2008, ho sentito un bambino chiedere al suo papà come mai, a mezzogiorno, il cassonetto dell'immondizia fosse già pieno. E quello, con sollecitudine e pazienza, gli ha spiegato che è perché non stanno più portando i rifiuti in Germania – che tra l'altro non è vero ma suona importante, e s'impara pure la geografia. Due giorni fa, hanno fatto sensazione le prime parole pronunciate dopo la cattura dal superlatitante Vincenzo Licciardi, fratello del celebre *'a scigna* (la scimmia), un boss della camorra acciuffato dalla polizia che gli stava alle calcagna da quattro anni. Licciardi si nascondeva in una villetta a Cuma, in quella periferia negletta di cui ho detto prima. Era quasi contento che l'avessero beccato, e al capo della squadra mobile ha detto: «Dotto', con tutta quella munnezza mi morivo dalla puzza».

Benché da un po' di tempo in qua tante voci indignate vadano ripetendo che è fin troppo comodo, per i politici, incolpare della crisi dei rifiuti i clan malavitosi, devo dire che questa impuzzolentita latitanza di Licciardi ha un po' il sapore del contrappasso. Perché un paio di settimane dopo la sua cattura-liberazione, un altro camorrista, il pentito Francesco Bidognetti, ha dichiarato al magistrato che lo interrogava: «Giudice, ma quali droga ed estorsioni? La miniera d'oro sono i rifiuti». La camorra prendeva in fitto i terreni e ci sversava di tutto, avendo però cura di fingere che il "ciclo" venisse correttamente chiuso grazie al lavoro di sue società teoricamente specializzate nella trasformazione dei rifiuti in fertilizzante oppure nello smaltimento dei cosiddetti rifiuti speciali, cioè fanghi tossici, scarti industriali, materiali pericolosi. Su questi ultimi si realizzavano i guadagni più forti, perché le ditte della camorra proponevano ai clienti prezzi dieci volte più bassi di quelli correnti. Il 1° giugno 2008 il clan dei Casalesi ha fatto fuori l'imprenditore Michele Orsi. Era uno che aveva fatto i soldi con l'edilizia, e che a un certo punto, per diversificare l'attività, aveva deciso di entrare nel business dello smaltimento dei rifiuti. Una fitta rete di complicità gli aveva permesso di diventare partner del consorzio casertano Ecoquattro. Ai magistrati che l'interrogavano dopo aver scoperto il marcio di quel consorzio, Orsi aveva fatto sapere che il fatturato della munnezza era tale da valere una tangente mensile da sessanta milioni di lire per la sola zona di Mondragone. Ufficialmente, è dal 1988 che la camorra si occupa d'immondizia. Ci sono state molte inchieste della magistratura, passate alle cronache con nomi come Adelphi, Ecoservice, Terra mia, Marco Polo, Madre Terra, o, più allusivamente, Re Mida e, con tratto particolarmente icastico, Chernobyl. Ne viene fuori che in Campania si concentra poco meno della metà dei traffici illeciti di rifiuti di tutt'Italia.

Ora, si può discutere se sia più condannabile chi esporta illegalmente i suoi veleni, ovvero chi, altrettanto illegalmente, li importa, appoggiandosi magari a connivenze che significano controlli molto rilassati, occhi che si chiudono e piccole o grandi regalie che aiutano a chiuderli. Un fatto è comunque certo: migliaia e migliaia di tonnellate di rifiuti "speciali" per anni sono arrivate in Campania partendo dalle regioni settentrionali d'Italia, la Lombardia innanzitutto, e subito dopo il Veneto. A lungo, tutte e due non hanno voluto che parte della munnezza accumulata sulle strade di Napoli (e che di "speciale" non aveva niente) venisse portata ai loro impianti. Il Veneto, anzi, ha fatto di più, ed è giunto a lanciare una pubblicità turistica comparativa: venite da noi perché noi non siamo come quelli di laggiù. Non un capolavoro di fair play, né di eleganza. Ma pare che in questa Italia si possano ormai dire e fare con la massima tranquillità cose che soltanto vent'anni fa tutti avrebbero avuto almeno il pudore di tacere. Occorre molta pazienza: abbozzare, far finta di non aver sentito, soffocare ogni impulso alla ritorsione, trattenersi dal chiedere le royalties su *'O sole mio* cantata abusivamente da schiere di gondolieri, non tutti intonati. E comunque, un po' di giustizia a questo mondo c'è ancora, se il rapporto 2008 di Legambiente sulle ecomafie mostra che sì, fra tutte le regioni d'Italia, la Campania può vantare il maggior numero di reati ambientali; ma al secondo posto c'è proprio il Veneto, tanto per export quanto per import di rifiuti illegali.

Intanto, rifiuti o no, la camorra continua a esserci, e anche in queste settimane di crisi ha seguitato a occuparsi delle sue faide, a sparare e uccidere anche se con minore intensità e frequenza. E c'è da giurare che quando la crisi dei rifiuti sarà alle nostre spalle, davanti a noi ritornerà, puntuale, lo spettacolo di questi ammazzamenti continui, sicché dunque, eliminata una spazzatura, ce ne sarà pur sempre un'altra, e di gran lunga più ammorbante. Si dice: "'O spasso d' 'o viento è 'a munnezza", il vento si diverte con l'immondizia. E il vento spira sempre.

A volte ti pare inspiegabile il fatto che esista la camorra e che sia un problema così grave. Pare inspiegabile a uno come me, che pure lavoro in un giornale, e che seguo la cronaca di questa parte di mondo, e che so come sia possibile e legittimo prevedere che, anche in un giorno di stanca, anche quando ti manca il materiale per riempire una pagina, prima o poi nel corso della giornata l'impresa di un manipolo di sicari verrà a darti una mano, perché un blitz, un raid, un agguato, una sparatoria tra la folla che poi si accalcherà a far fotografie col cellulare ma naturalmente alla polizia dirà di non aver visto nulla di nulla; prima o poi, insomma, una cosa del genere si verificherà da qualche parte. Pare inspiegabile anche a me, che ogni tot mesi coi miei colleghi metto in pagina la mappa aggiornata della città suddivisa in quartieri che sono zone d'influenza della tale famiglia mafiosa, con nomi e cognomi dei capi, dei luogotenenti, dei semplici gregari e affiliati, e che è in lotta con la tal'altra famiglia che a sua volta si compone di questo capo, di questi luogotenenti e di questi semplici gregari e affiliati... Voglio dire: se li conosciamo a uno a uno, se sappiamo tutto di loro, il rispettivo ramo di attività, le forze in campo, le complicità e le rivalità e i motivi delle une e delle altre, be', ma allora perché non li abbiamo ancora fatti fuori o, che è lo stesso, messi dentro?

Mezzo mondo ha letto il libro di Roberto Saviano, e sa dunque che razza di gigantesca holding sia *'o Sistema*. E tuttavia a me sembra ancora assurdo il fatto che non riusciamo a venire a capo di questa società la cui natura resta pur sempre vernacolare, e i cui grandi capi hanno soprannomi come *'o curnutiello, 'o 'ntufato, 'o baccalaiuolo, 'o stuorto, 'o purtuallo, 'o ciuccio*. Non è un elenco buttato lì a casaccio, ma quasi l'almanacco di Gotha della malavita di Napoli. A quei "contranomi" vanno infatti accoppiati nomi veri di boss tra i più pericolosi d'Italia, nell'ordine: Geremia Ranucci, Carmine Alfieri, Ciro Avolio, Guglielmo Giuliano, Giuseppe Massa, Giuseppe Dell'Aquila. Questa, tra l'altro, non è o non è stata gente seria e rigorosa come i mafiosi siciliani: il loro credo non è o non era il basso profilo, bensì una invincibile inclinazione all'ostentazione, a un istrionismo d'accatto, a una voglia madornale di protagonismo sterile e controproducente. Le loro case sono il trionfo del Kitsch più esasperato, ville disegnate da architetti di Foggia che si ispirano a Gaudí, ma in modo così clamoroso da riprodurre piuttosto gli ideali estetici di Moira Orfei – come se l'è immaginate lo scrittore Enrico Caria e come, a un dipresso, effettivamente sono. Questi banditi sono sensibili alle mode più ancora che agli orpelli dell'onore familiare. Come i loro soprannomi dicono in maniera inequivocabile, la loro natura profonda è grottesca, e la ferocia belluina che li anima non riesce a cancellarla. Con tutto il rispetto per l'anima di Geremia Ranucci, come si fa a essere un gran capo criminale e ad accettare di essere chiamato "il piccolo cornuto"?

Nel pieno dell'emergenza rifiuti, in febbraio, un bel mattino si è scoperta una grande scritta in vernice rossa a decorazione della scalinata dell'ex chiesa di Donnaregina Nuova, oggi adibita a Museo Diocesano ma pur sempre insistente sull'agitato confine tra due aree di pertinenza di clan rivali. MISSO 'O NASONE TI UCCIDEREMO CORNUTO, diceva la scritta, cui destinatario era per l'appunto Giuseppe Misso, boss dei boss, così riverito da meritarsi lo stesso nomignolo (*'o nasone*) che fu appioppato al re Borbone Ferdinando IV (I dopo il Congresso di Vienna). Ma per l'appunto anche un re può essere trascinato nella polvere della più sanguinosa ingiuria; e del resto, se si deve dar credito alle numerose leggende sulla foia della regina Carolina ("si' zoccola e tutte lu sanno"), cornuto, oltre che nasone, lo fu pure Ferdinando. Sentenziava Dumas: "Ogni popolo ha avuto il suo re che ha impersonato lo spirito della nazione: gli scozzesi Robert Bruce, gli inglesi Enrico VIII, i tedeschi Massimiliano, i russi Ivan il Terribile, i polacchi Giovanni Sobieski, gli spagnoli Carlo V, i francesi Enrico IV. I napoletani hanno avuto Nasone".

Ma certo, nel deserto della disoccupazione e nella palude dei familismi, anche una organizzazione così intrinsecamente ridicola come questa riesce a sembrare granitica e invincibile, anche se nessuno mi toglie dalla testa che se lo Stato lo avesse veramente voluto, l'avrebbe sconfitta già da molti anni. Invece, forse a partire da una sorta di ambigua compensazione per tutto quello che di legale e moderno nel frattempo si andava perdendo, l'Italia ha tollerato che negli anni e nei decenni a Napoli si trovassero, diciamo così, degli equilibri più avanzati sulla bilancia che pesa il lecito e l'illecito. Ho fatto in tempo a vedere i grandi scafi blu dei contrabbandieri, quando il traffico delle sigarette era una delle principali fonti di reddito della città e si svolgeva in piena luce. Certe estati, dalla cala di Punta Carena ad Anacapri potevamo goderci lo spettacolo degli inseguimenti al largo, Finanza contro camorra, come nei film di Mario Merola. Ora si dice che, dài e dài, lo Stato è riuscito a stroncarlo, quel traffico, e che così come ha stroncato quello dovrebbe stroncare anche il narcotraffico e le ecomafie che sono venuti dopo. Ma a me pare che più che altro la stagione dei contrabbandieri sia andata a morire per conto suo, perché appunto infinitamente meno redditizia di quanto si preparava per la successione. Non mi sembra che sia stata combattuta una guerra, direi anzi che le guerre vere di questi ultimi decenni siano state quelle intestine alla camorra stessa, l'ultima delle quali, quella tra il clan Di Lauro e i famosi "scissionisti", proprio a ridosso della crisi dei rifiuti. Intorno, prima e dopo, tangentopoli, il malcostume e l'invadenza della politica, e le gesta di un funzionariato pubblico pochissimo titolato, ma in compenso molto inefficiente e avido.

Trovo perciò del pari insopportabile l'atteggiamento, assai diffuso fuori di Napoli, di quelli che ci rimproverano per l'inerzia della nostra società civile, per il fatto che non ci ribelliamo seriamente, che non prendiamo in mano il nostro futuro e sconfiggiamo le forze del male che vogliono continuare a tenerci nel vicolo cieco del sottosviluppo. Come se potessimo farlo, come se bastassero le marce, i buoni sentimenti e i comportamenti virtuosi dei singoli.

Questo, peraltro, non mi impedisce di vedere come grande parte del nostro mondo napoletano viva o sopravviva nell'opacità di una sostanziale collusione. Come sia pronto ad adattarsi a codici negativi che hanno finito per regolarne il funzionamento. Basta guardarsi intorno, in un giorno qualsiasi, per vedere quanto radicata e pervasiva sia ormai l'illegalità: il parcheggiatore abusivo, il commerciante che non ti dà lo scontrino, le corsie preferenziali invase da chi non avrebbe titolo per percorrerle, i supermarket all'aperto dei DVD falsi, delle borse false, dei jeans falsi, il multiforme universo del "pezzotto" – l'equivalente partenopeo del nordico "tarocco" – che prospera a dispetto dei numerosi ma evidentemente tutt'altro che risolutivi pattuglioni delle forze dell'ordine. L'ultimissimo programma che oggi Microsoft presenta ufficialmente al Pianeta, da ieri è in vendita sulle bancarelle di Fuorigrotta. "Pezzotta" è la scheda per la tv satellitare, "pezzotta" la memory card della Playstation, "pezzotta" la compilation dell'ultimo festival di Sanremo. Lo sviluppo della tecnologia ha stimolato una crescita esponenziale del pezzottaggio e delle sue possibili applicazioni, a un livello di sofisticazione e raffinatezza che ha fatto di Napoli e dei suoi dintorni, prima uno dei più industriosi distretti del prêt-à-porter, e poi una incredibile Silicon Valley illegale, capace, come quella vera, di imporre al mercato ritmi molto sostenuti di obsolescenza degli oggetti del suo desiderio. Tenersi al passo con l'evoluzione continua del "pezzotto" non costa quanto farlo rispetto al prodotto legale, ma è pur sempre impegnativo. Nella camorra c'è molto di keynesiano.

E ovviamente non posso non vedere che, essendoci una dialettica di mercato, non tutte le colpe si possono addossare al criminale: il cliente è come minimo suo complice. Sono complice del parcheggiatore abusivo se accetto di dargli la sua mazzetta nel timore che possa combinarmi un brutto scherzo. Sono complice del venditore abusivo se acquisto da lui un prodotto falsificato. Eccetera. Ma come posso sottrarmi senza che la mia vita si complichi terribilmente, senza rischiare continuamente di dover litigare, e magari di dover venire alle mani, e in definitiva senza dovermi affaticare come un matto per un risultato del quale nessuno si congratulerà, e che anzi potrebbe fare di me un *dropout*, un reietto, un insopportabile rompicoglioni da cui girare alla larga, come da quei vecchi incattiviti che in un angolino del tram sibilano parole di tuono all'indirizzo dell'ultima squinzia che continua a starsene stravaccata ciancicando il suo chewing gum mentre giusto davanti a lei una matrona gravida riesce a malapena a reggersi in piedi nel brusco stop-and-go del mezzo?

Forse ho maturato un certo diritto alla mia viltà.

Al forestiero a passeggio per Napoli posso consigliare un piccolo, istruttivo esercizio. Cercando, come raccomanda il giovane scrittore Simone Laudiero, di evitare di cadere in un fosso, levi lo sguardo in alto e noti come su tutti, ma proprio *tutti* i palazzi di Napoli insiste almeno una sopraelevazione. Molte di queste costruzioni saranno state condonate nel corso del tempo; però tutte, ma proprio *tutte*, all'inizio sono nate abusivamente. Forse ci sarà stato qualche vicino che se la sarà presa a cuore, che avrà chiamato i vigili urbani, avrà denunciato, avrà fatto il diavolo a quattro. Ma alla fine anche lui avrà mollato la presa, esausto e sfiduciato, piegato dalla pervicacia dei suoi nemici tetragoni a ogni sequestro, a ogni apposizione di sigilli, a ogni diffida. E forse, alla fine, avrà capito che la migliore risposta all'abuso del vicino era semplice e a portata di mano: un controabuso. Tutti colpevoli, nessun colpevole. E poi, per l'appunto, arriva il condono.

Anche per questo motivo, quando si fanno le demolizioni, l'occasione è spettacolare: quando s'alza la polvere densa dei muri che crollano sotto i colpi di maglio delle ruspe, è come se il nostro mondo si sottoponesse a un gran bagno lustrale all'asciutto, un rito misterioso e anche crudele, perché su un lato della scena, magari, esasperate e infuriate, ci sono le famiglie che avevano anche versato la caparra per comprarsi un appartamento in quella palazzina nuova di zecca, e che ora incredule contemplano questo disastro e inveiscono contro l'ingiustizia di questa maledetta società. Loro, che hanno fatto di male? Caddero Ninive e Babilonia, e caddero pure non le due, ma le quaranta palazzine abusive costruite a Casalnuovo di Napoli, un paesone della cintura. Erano state tirate su sotto gli occhi di tutti senza nemmeno uno straccio di licenza. E se nemmeno il Comune aveva avuto niente da ridire, perché mai proprio loro, che dio lo sa quanti sacrifici si sono sobbarcati, avrebbero dovuto preoccuparsi? Urge pertanto rimediare a questa palese ingiustizia e, magari, risarcire questi che saranno anche complici, ma sprovveduti, e in definitiva povere vittime di un ingranaggio impazzito. Gente che a Giugliano s'era addirittura acconciata a blandire i vigili urbani dell'antiabusivismo a forza di prestazioni sessuali. Giugliano, informe e policentrico agglomerato di brutture edilizie che si sfrangiano dal mare di Licola alla vasta pianura a Nord di Napoli, la regione che nel Medioevo si chiamava Liburia (è da lì che viene il toponimo Terra di Lavoro), inglobando la sconcertante vastità dei muraglioni di ecoballe impilate a Masseria del Re, a formare l'unica architettura ordinata e razionale del circondario; Giugliano, dicevo, coi suoi centodiecimila abitanti, è la terza città della Campania. Chi ci arriva da Napoli assillato dall'idea di sbagliare, come certamente farà, l'uscita dall'asse mediano, non può fare a meno di notare la strepitosa quantità di alberghi disseminata lungo le sue arterie di grande scorrimento, peraltro del tutto prive di una qualsiasi attrattiva. Era forse lì che mezzo corpo dei vigili urbani andava a riscuotere tangenti in natura?

Tre

Nel giugno 2007, sfuggendo alla prima invasione della spazzatura, siamo andati in vacanza nel Peloponneso. In quel periodo dell'anno la Grecia è meravigliosa. Niente hooligan inglesi, clima mite, girare in auto non è soltanto comodo, è anche assai piacevole. Un giorno, partiti da Nauplia e diretti a Sud, con l'intenzione di arrivare prima o poi a Monemvasia – la "Napoli di Malvasia" dei Veneziani – realizzammo che la nuova strada costiera era molto più lunga di quanto ne sapesse la nostra mappa. Stavamo percorrendo il lato occidentale del mar Mirtoo, quello in cui "s'ingolfa" nel XVII canto dell'*Adone* la Venere del napoletano Giambattista Marino scoprendone a una a una tutte le isole che gli fanno corona e che noi adesso a ogni curva vedevamo in prospettive sempre cangianti, e non la finivamo più di dire quanto tutto fosse bello e che ottima cosa sarebbe stata prendersi una casa in quella pace deliziosa e solenne. Giungemmo a Leonidio, un villaggio a mezza costa, e siccome il sole era ancora alto e il mare quanto mai invitante, decidemmo di fermarci.

Giù alla Plaka trovammo una spiaggia di ciottoli bianchi, lunga e deserta. Il bagno fu una delizia. Ma ancor più deliziosa fu la scoperta del borgo di pescatori che stava lì vicino: una decina di case, quattro ristoranti coi tavolini al riparo di un piccolo molo, giusto alla foce di un ruscello popolato da un gruppo di papere vocianti. Vederlo e innamorarsene fu una cosa sola. Prendemmo stanza in un edificio multicolore chiamato con una certa enfasi "Hotel Dyonisos", e cenammo nella trattoria che seppe accalappiarci con piglio più deciso. Il proprietario era un uomo con pochi denti, e quei pochi marci; le mani callose e deformate dall'artrite, le unghie delle dita tutte meticolosamente coronate da nerissime strie. Secondo prassi ellenica, ci condusse orgoglioso nella sua cucina: non aveva nulla da nascondere, dovevamo assistere al trionfo dei suoi cibi genuini che ci mostrò e descrisse uno alla volta. Ci mostrò anche le pentole e i tegami, sul fondo dei quali s'era raggrumata una scura morchia di malagevole interpretazione. Mangiammo benissimo, una delle migliori cene mai fatte in Grecia, appena inferiore nel ricordo a certe lontane sessioni sotto la frasca di Agapitos Benitis, archimandrita della moussakà, sull'isoletta di Kastelorizo. Dormimmo altrettanto bene all'Hotel Dyonisos, sorvolando volentieri su una circostanza che si sarebbe potuta anche considerare preoccupante, e cioè sul fatto che dal telefono della doccia si prendeva la scossa. Tutto, alla Plaka di Leonidio, era insieme improbabile e incantevole. Ancor oggi ci chiediamo se, fossimo stati turisti greci, ne avremmo avuto una uguale considerazione.

Ho del resto un nitido ricordo del mio primo giorno di lavoro a Napoli. La stagione era altrettanto bella, ai primi di maggio del 1980, e io, devo dirlo perché siano chiare certe ragioni di questa rievocazione, per la prima volta nella vita mi trovavo ad abitare in questa città. Sono integralmente meridionale, essendo nato sull'isola di Capri da madre isolana e padre salernitano. Ma sono cresciuto altrove, tra Friuli e Veneto. A Capri ogni estate scendevo (il movimento Nord-Sud somiglia, sulla carta, a una discesa) per le lunghe villeggiature che si facevano allora. Il treno moriva alla stazione di Napoli Centrale, con mia madre si prendeva un taxi e via al porto. Napoli scorreva nei finestrini come il film di un disastro mai concluso. Via Marina, molti anni prima di diventare la rassegna di pretenziosi delirii architettonici in vetro e acciaio che è diventata, recava intatti gli sfregi dei bombardamenti. Pensavo: "Mai nella vita vorrei stare qui". Il Molo Beverello era l'unica Napoli che conoscevo: c'imbarcavamo subito e dal mare, da lontano, Napoli ci appariva bellissima. Napoli, come ha scritto Walter Benjamin, è infatti bellissima – vista da lontano.

E insomma, in quello sfolgorante giorno di maggio del 1980, nella redazione del "Mattino", venni affidato alle cure di un buffo giovanotto con una giacca attillata e un gilet patchwork, in stile direi Cherokee, folti baffi e un capoccione impenetrabile di ricci neri, in una rivisitazione pugliese di Angela Davis o di Jimi Hendrix. Michele Bonuomo, questo il suo nome, volle portarmi a pranzo. Salii sulla sua Vespa e, schizzando in mezzo al traffico impazzito, raggiungemmo Porta Capuana. Lì c'era una sua trattoria di fiducia, non ne ricordo il nome, ma doveva essere tipo "Giggino" o qualcosa del genere. Ci accomodammo a un tavolino sul marciapiede, a non più di dieci centimetri dalle auto e dalle moto che passavano in continuazione. Alzando lo sguardo, notai che una signora al secondo piano aveva steso i panni – la *culata* – proprio sopra le nostre teste, e che le lenzuola bagnate gocciolavano direttamente dentro i nostri piatti. Di lì a qualche minuto si materializzò su quella scena già concitata un uomo vestito di un paio di calzonacci rimboccati alle caviglie e di una canottiera a sua volta arrotolata a scoprire il panzone prominente. Le sue parole furono: «Cunce', damme 'na bella tazza 'e sudore 'e uàllera», ossia, "favoriscimi, Concetta, una bella tazza di sudore di ernia" – ammesso e mai concesso che sia questa la miglior traduzione del termine *uàllera*, il quale, come avrei presto imparato, può rinviare a ben più tellurici sensi. Questa formidabile metafora, che acrobaticamente rinviava all'idea del brodo di polpo, fu il mio primo assaggio del perenne barocco partenopeo.

Date le circostanze, non riuscii a unirmi all'appetito con cui Michele succhiava le chele dei suoi crostacei, aspirava le callosità dei molluschi e si districava tra le molte spine di uno scorfano, divorando il suo pranzo. Maledissi tra me il fare da verginella scontrosa che, schifiltosissimo com'ero, non mi consentiva di toccare cibo. Ma forse fu allora che mi innamorai della mia città. Fu allora che per vie oscure incominciai a comprenderne qualcosa. Fu allora che, sgomento, ne avvertii l'irresistibile incanto senza calcolare la dannazione che me ne sarebbe derivata.

Se oggi paragono Leonidio a Porta Capuana; se provo a valutare la mia reazione di forestiero davanti a realtà insieme così bizzarre e seducenti, posso forse ricavarne qualche indicazione utile. Innanzitutto: sia il Peloponneso sia la Campania sono regioni di eccezionale ricchezza paesaggistica e storico-artistica. Certo, nel Peloponneso non ci sono grandi città né aree metropolitane. Eppure, per dire, un certo caos che si può vedere a Patrasso può benissimo essere accostato a quello che si vede vicino Napoli o in Napoli stessa. E la schifezza urbanistica della moderna Sparta, sempre per dire, è assimilabile a quella di tanti centri campani. (Si trova del resto in Grecia il comune più densamente popolato d'Europa, e guarda caso il suo nome è Neapoli: è un sobborgo alla periferia nordoccidentale di Salonicco, e ci vivono trentamila abitanti in poco più di un chilometro quadro.)

Ma il forestiero può prescindere da tutto questo. Può essere rincuorato dal fatto che a poca distanza da quelle aberrazioni urbanistiche esistono località perfette, nelle quali la bellezza è coltivata, l'ospitalità onorata. E, in virtù di questa confortante sicurezza, può anche decidere di gradire quel certo brivido di allarmante esotismo che il transitare nel disordine e nel caos riesce a procurargli. È probabile che rimarrebbe deluso se, arrivando nel Peloponneso, scoprisse di essere in una specie di Svizzera. E di sicuro gli dispiacerebbe, se il centro storico di Napoli fosse simile a quello di Zurigo. Che cosa gli resterebbe da raccontare di ritorno a casa? Non gli potrebbe certo bastare di essere caricato su un torpedone e condotto in un auditorium dove autentici aborigeni partenopei si mettessero a ballare la rituale tarantella con l'accompagnamento di mandolino e putipù, magari declamando i richiami delle antiche arti e dei mestieri del buon tempo andato. Né che la prima ballerina a un certo punto facesse la *mossa*, e che poi il coro intonasse:

Comm'è ddoce, comm'è bella
'a città 'e Pullecenella!

tanto per introdurre Lei, la maschera cittadina per eccellenza, l'orrenda proboscide nera, il consunto coppolone bianco, due piroette e via: "Pullecenella sapite chi è? Perepé perepé perepé". Sfumano le luci e scrosciano gli applausi sulle note di Pino Daniele:

Napul' è 'na carta sporca
e nisciuno se ne 'mportaaaaa...

Il punto è che i forestieri vogliono che Napoli non li deluda, non tradisca le mille descrizioni che se ne sono lette, e che resti Napoli. Anche per potersene dichiarare, di tanto in tanto, disgustati. Li si può comprendere: siamo o non siamo "un luogo dell'anima"? Non coltiviamo forse "la filosofia del rotto"? Siamo o non siamo "il paradiso abitato dai diavoli", e anche la via di fuga perennemente aperta rispetto alle rigide modalità organizzative del mondo progredito che spersonalizza, aliena, intristisce? Vieni qua e, se fai un poco d'attenzione, quando torni sei rigenerato. Napoli non è omologata, vive sui tempi di un suo orologio che di tutto si cura fuorché dell'ora esatta, Napoli è il tropico a un passo dall'ultimo autogrill. Munnezza e bellezza, perché questa città è per l'appunto anche bella d'infamia e, checché possiamo pensarne, questa sì che è una risorsa vera, starei per dire: la garanzia che qui, malgrado tutto, il turismo continuerà. Costa molto meno dello Yemen e, con un margine di rischio decisamente accettabile, procura altrettante emozioni.

Dunque no, Napoli non è diventata un parco a tema. Pasolini sarebbe soddisfatto: e tuttavia sono ancora e ancora l'invenzione della tradizione e il trionfo dell'oleografia più vieta che si sovrappongono alla città reale, che quando vuole rappresentarsi continua, chissà perché, a ricorrere a immagini che non le appartengono più, e che forse non le sono mai appartenute per davvero, e in questo modo determina una specie di prosciugamento del suo debordante potenziale. Autolesionismo puro, anche se spesso i forestieri non se ne accorgono.

Le prime vittime di questo abbaglio colossale sono del resto gli stessi napoletani. Che sempre più *fanno* i napoletani, prestandosi a una mistificazione globale; e lo fanno con tanto impegno da essersi persuasi che sia un loro diritto essere così, vivere senza regole, compianti o assistiti, ma infallibilmente simpatici, brillanti, inventivi. Certo, i più intelligenti tra gli italiani.

Come abbia potuto, questo popolo dai molteplici e vari talenti, maturare e radicare in sé una convinzione così fallace, è per me motivo di profonda costernazione. Raddoppiata dal fatto che questa sola convinzione possa bastare a rincuorarlo, a scavare nel suo petto una riserva di fede e speranza tale da compensarlo del sottosviluppo, della frustrazione d'essere sempre ultimo in qualsiasi classifica sulla qualità della vita, dell'umiliazione delle continue "emergenze" che ne punteggiano l'esistenza come piaghe purulente che si riaprono dopo ogni nuova e vana medicazione.

Sto scrivendo cose sulle quali già più di vent'anni fa si è soffermato Raffaele La Capria in un libro intitolato *L'armonia perduta*. La Capria faceva risalire questa faccenda della vita parallela e artificiale che i napoletani hanno finito per ritagliarsi addosso (un tema già affrontato, prima di lui, dal Domenico Rea de *Le due Napoli*) alla profonda cesura operata nel corso della storia della città dalla fallita rivoluzione del 1799, cioè al momento in cui il primo conato del Risorgimento venne soffocato dalla restaurazione borbonica e un'intera generazione d'intellettuali, che avrebbero potuto prendere le redini del governo della società e forse dell'Italia intera, venne soppressa o costretta all'esilio. Da allora, dice La Capria, non più Napoli, piuttosto una sua umbratile proiezione: la *napoletaneria*.

Questo paradigma è suggestivo ma poco fondato. Gli storici, "revisionisti" e no, hanno dimostrato che le forche del '99 non posero fine alla vitalità di Napoli. Che, anzi, negli anni Trenta e Quaranta dell'Ottocento il Regno delle Due Sicilie seppe segnalarsi in tanti campi della vita civile, avendo cura di non cancellare *in toto* il lascito del decennio napoleonico, muovendosi su standard politici e amministrativi non così lontani da quelli che potevano caratterizzare alcune potenze europee di più solida reputazione, come la Prussia. Per converso, gli storici hanno anche mostrato che le ragioni del moderno declino di Napoli venivano da tempi più remoti, ed è un errore pensare che fino al 1799 la città fosse stata all'altezza delle altre nazioni, immacolata rispetto ai vizi che oggi le si rinfacciano.

Come ogni città che si nutre eminentemente di miti – io per esempio so qualcosa di Trieste, e di questa sua inclinazione – Napoli è portata a ritenere che in un punto imprecisato della storia le sia toccata una età dell'oro, in cui il mondo intero non avrebbe potuto far altro che ammirarla e tesserne le lodi. Ma il passato è una nebbia che a fatica si può diradare, e lo è tanto più presso un popolo che, nei fatti, vive in un tempo che è pura durata, che sta fuori dalla storia fatta di dati, documenti, circostanze precise. Bisogna essere esperti di topografia greca e romana per riconoscere, nel centro antico di Napoli, le vestigia dell'età classica. E storici dell'arte dallo sguardo acuto per riuscire a distinguere nel viluppo degli stili, delle superfetazioni, degli abusi le linee architettoniche originarie, le intenzioni delle epoche, le cifre del gusto, i paradigmi di un'estetica certa. Il passato si condensa nel vapore incorporeo di una leggenda: permea tutto, e di fatto non c'è più. *Dura* – come durano il culto dei teschi catacombali, o il miracolo di san Gennaro – ma ha perduto la sua qualità razionale, la sua riconoscibilità scientifica; e sta fuori dal tempo.

Mi sono dunque domandato: quand'è che abbiamo incominciato a essere ciò che siamo? A perdere terreno? A vedere chiaramente concretizzarsi nella percezione dell'altro un giudizio negativo nei nostri confronti?

Durante l'antichità, questo è stato un luogo di delizie e di prodigi. Persino nelle famose lettere di Plinio il Giovane sull'eruzione del Vesuvio nel 79 d.C. circola una sofisticata aria *en touriste,* come nell'ammirato resoconto di un villeggiante curioso che non può mantenersi immune alle seduzioni agostane di quelle che dopotutto sono "le terre più belle del mondo", nemmeno mentre rievoca le ultime ore del grande naturalista suo zio. Qui ospitali padroni di ville, da Posillipo al Capo di Minerva lungo l'orlo del dolcissimo golfo. Qui, nella "*docta Parthenope*" di Marziale, filosofi inevitabilmente epicurei, e tenere animelle mantovane (Virgilio), o indigene (Stazio) votate alla più alta poesia. Qui Pollione e Lucullo, Nerone e Trimalcione, e una fama più sontuosa che sinistra di lusso e di crapula, non certo di miseria. La Campania è *felix*: è il salotto di Roma, e non a caso i suoi confini augustei arrivano fino al Tevere; in Italia, dunque nel mondo, poco c'è di meglio, forse nulla.

Quelli, certo, non eravamo ancora noi. Ma qualcosa di quel frullato di sangue italico, etrusco, greco e romano ci sarà pur giunto, e nella mescola dei secoli, contaminandosi col germanico, l'arabo, il francese, lo spagnolo e l'austriaco, avrà prodotto l'ircocervo partenopeo, poliglotta e proteiforme, che tutti i caratteri ha ridotto a un irripetibile *unicum*, inconfondibile e meticcio.

Secondo me, prima che il cocktail si arricchisse di troppi ingredienti, l'alto Medioevo ci ha visti più vitali e orgogliosi di un libero comune lombardo. Bizantini sbrigliati, lontani da Costantinopoli quanto Venezia e Trebisonda, abbiamo dovuto vedercela da soli, gareggiando in astuzia, coraggio intraprendenza con Gaeta e Amalfi, Capua, Benevento e Salerno. Districandoci con abilità tra il papa e prima uno, poi due imperatori. Fronteggiando con fermezza la pressione longobarda sul continente, e sul mare suonandole più volte ai Saraceni. Ma poi quella dinamica e spregiudicata Napoli che, a differenza di Bari, non divenne mai un emirato, e dunque non conobbe la dominazione islamica, giocando con accortezza il gioco delle alleanze, e incurante di anatemi e scomuniche e dei supplizi collegati (dopo la detronizzazione nell'878, il duca Sergio II fu spedito a Roma essendogli stati preventivamente cavati gli occhi), quella Napoli coi Saraceni seppe anche intrattenere ottimi rapporti, associandoseli più volte per invadere e devastare i territori degli stati circostanti, compresi Roma e Spoleto, catturando e vendendo schiavi e poi, bellamente, riabbracciando il più puro fervore, la più solerte milizia cattolica, come fece il duca-vescovo Atanasio II, già denunciato dal papa per le sue alleanze blasfeme strette soltanto "*pro turpis lucri commodo*", dunque per la più alta prospettiva di floridezza cui una città vocata alla navigazione e ai commerci potesse mirare, e per questo motivo interessata a seminare sedizioni continue nei numerosi campi avversi, specie a Capua, dove a lungo i conti longobardi parvero abboccare a ogni frode, finché non arrivò Pandolfo, il più cattivo di tutti. La mia personale mitologia ha in gran pregio i duchi – e potrei anche dirli dogi – di quella piccola combattiva Neapolis. Come Croce, rimpiango gli Atanasi e gli Stefani, gli Antimi e i Teofilatti e i Giovanni e soprattutto i sette Sergi, nome quanto pochi altri tra quelli più comuni in Italia divenuto quasi raro nella Napoli odierna. Perché poi di quella piccola città risorta con ammirevole tenacia dalle catastrofiche rovine della guerra gotica a metà del VI secolo, fino, si dice, a contare trentamila abitanti, e ancora rinserrata o, per meglio dire, ripiegata nella vecchia pianta di origine greca, nulla o quasi rimane.

Bisogna scendere in Santa Restituta, l'antica basilica oggi inglobata nella cattedrale di San Gennaro, per provare a respirare ancora l'aria corroborante che essa dovette respirare; o, sul decumano grande, contemplare il campanile di Santa Maria Maggiore, o anche andare in piazza Borsa, vedere di farsi aprire le porte di Sant'Aspreno decorate dalla grande scritta rossa FUCK POLICE, e restare qualche minuto a fantasticare sul fregio di una superstite transenna che porta incisi con grafia greca i nomi dei coniugi Campulo e Costanza, che quella chiesetta oggi del tutto scontraffatta forse fondarono nel IX secolo sul luogo in cui sorgeva la casa del primo vescovo della città, e assaporare qualcosa della città ducale vissuta mezzo millennio, in assoluto il più lungo momento della storia di Napoli, della sua indipendenza orgogliosa, della profonda coscienza del suo essere patria e non bottino di guerra.

Bastano venti cinquantenni riuniti per festeggiare l'anniversario della maturità a totalizzare mille anni: cioè il fulmineo amen che ci separa da quella stagione di cui abbiamo perso la memoria, e che, dopo molti tragici eventi e reiterate prove di autentico valore, dopo assedi respinti e furiosi contrattacchi, infine dovette concludersi con l'ingresso in città, nel 1139, del primo di una lunga serie di sovrani stranieri: Ruggero II, re normanno di Sicilia. Dopo, certo, Napoli avrebbe incominciato a diventare grande, a non essere più un minuscolo potentato marittimo che già a Nola e ad Aversa incontrava i suoi invalicabili confini terrestri. Entrano dunque i

Normanni, e poi gli Svevi, e Federico II *Stupor Mundi* che ne fonda l'università, la prima statale e laica, e lì intorno c'è adesso un grande regno, il più bello e vario che si possa sognare. E la città cresce, e si trasforma in un immenso cantiere di chiese, conventi, palazzi. Arrivano gli Angioini, e siamo ormai capitale, frequentata da diplomatici e banchieri e mercanti venuti da Firenze, Pisa, Genova. E arrivano grandi intellettuali e grandi artisti: in San Domenico Maggiore un crocifisso dipinto si congratula a viva voce con san Tommaso d'Aquino ("*Bene scripsisti de me, Thoma*"); Giotto affresca Santa Chiara; in San Lorenzo, Petrarca prega coi frati e Boccaccio s'innamora di Madonna Fiammetta. Ed ecco poi gli Aragonesi, e lo scintillante Quattrocento dei più eleganti umanisti, il Pontano, il Panormita, il Sannazaro che fa rivivere nel mondo i fasti perduti d'Arcadia...

I guai incominciano qui, cioè nel momento dell'apogeo. Si annidano nel tradimento dello spirito ellenico della polis, fondato sulla bellezza e sulla modestia, e nella sedimentazione di un provincialissimo complesso di superiorità. Se ne trova traccia già in un sonetto di Luigi Pulci, l'autore del *Morgante Maggiore,* che negli anni Sessanta-Settanta del Quattrocento fu ambasciatore a Napoli per Lorenzo de' Medici. Ai suoi occhi, Napoli non può ovviamente reggere il paragone con Firenze, malgrado tutte le arie che si dà. Gli levassero gli ortaggi di cui si nutrono in abbondanza, il gioco delle carte, il dialetto di cui si beano, e magari la prosopopea di sedere nei seggi o parlamenti cittadini, i napoletani, dice Pulci, sarebbero del tutto spaesati, come "salamandre fuor del fuoco". Narcisisti leziosi, gli chiedono: "Che buogli dicer di Napoli jentile?", quasi non conoscessero delizia più sopraffina del sentir cantate le lodi della città loro. Ma quale "jentile"? "La gentilezza sta ne' cantarelli", cioè nei vasi da notte che qui, come del resto in ogni dove, ma in numero incommensurabilmente maggiore, si svuotano per strada, tanto che "parmi un bel porcile", e poco importa che un'osservazione del genere venga da questi snob di fiorentini "ch'hanno tutti lo tratto sì sottile".

(Bisognerà pur dire che questo sonetto del Pulci va di solito abbinato a un analogo componimento dedicato alla città di Milano, che all'ambasciatore mediceo appare come una specie di portineria ammorbata dal tanfo persistente di "ravizi, rave e verzi", ortaggi cui del resto poter assimilare i suoi stessi ottusi abitanti, i quali non hanno nemmeno muretti per sedersi e oziare, e difatti "senza riposo è questa gente vana", e noiosa come una ripetitiva solfa è la vita "alla 'mbrogiana". Eppure un primato Milano ce l'ha: "et anco credo che da scarafaggi / non c'è ancor terra che Milan vantaggi".)

Se a fine Trecento Napoli ha già un volto monumentale ma una popolazione ancora relativamente modesta, un secolo dopo, regnando la casa d'Aragona, giungerà al traguardo dei centomila abitanti. Un altro secolo ancora e si avrà il paradosso di una capitale dimidiata – perché capitale di un viceregno – ma almeno dieci volte più popolosa della neonata Madrid. A metà del Cinquecento, la Napoli di don Pedro de Toledo, che si è allargata a dismisura, ha attratto turbe di regnicoli spogli, e ancor più numerose orde di militari alloggiati in quel dedalo ortogonale che pare la lucida prefigurazione del disastro urbanistico futuro e ancor oggi viene chiamato Quartieri Spagnoli, e quasi ancor più strabordanti folle di aristocratici di provincia, nervosissimi *hidalgos*, cadetti senza scrupoli, feroci feudatari scesi da castelli romiti e proiettati a far pompa di lusso sulle carrozze loro lungo la passeggiata di via Toledo; quella Napoli è una delle tre più grandi, popolose, brulicanti metropoli europee, le altre due essendo Parigi e Costantinopoli.

La crescita straordinaria della città è un fatto che non si accompagna di necessità con un suo reale progresso. Così, la Napoli vicereale, una metropoli mediterranea nella quale non era infrequente che l'imperatore Carlo V si intrattenesse godendo il piacere di un concerto organizzato negli splendidi palazzi dei Bisignano o dei Sanseverino, incomincia a mostrare, un passo al di sotto di tale magnificenza, i sintomi inconfondibili di una crisi affannosa, che è poi la sua condizione che dura ancor oggi: sovraffollamento, poca aria, spettacolari gare d'ostentazione e altrettanto spettacolari fallimenti. È questa la "Napoli nobilissima" nella quale hanno dimora qualcosa come duemila titolati, dai principi più fastosi ai baroni più straccioni: è la città che stupisce qualsiasi visitatore per il lusso sfrenato dei suoi aristocratici, un lusso tutto estroflesso, messo in scena sul corso pubblico ma non vissuto al chiuso di case che a poco a poco vanno spogliandosi per ripianare debiti sempre crescenti. Una certa pompa spagnolesca s'addensa sul cielo della città, che è pronta ad appropriarsene con entusiasmo. Agisce in modo decisivo sulle strutture profonde della mentalità napoletana: arrotonda il linguaggio, per esempio, e lo rende enfatico, iperbolico, torrenziale. Napoli è il luogo in cui il più insignificante dei trattenimenti musicali viene chiamato "accademia" e la più banale comunicazione affidata a un servo diventa "un'ambasciata". Patrimoni che passano di mano, quarti di nobiltà che si vendono come sui banchi d'una beccheria, liti e controversie infinite che trovano non una camera di compensazione, bensì un luogo di ulteriore amplificazione nei vasti labirintici uffici di Castel Capuano, il vertiginoso tribunale cittadino che fin dalla fine del Cinquecento è il nido di eserciti di fannulloni prestati al mestiere della falsa testimonianza. È adesso che Napoli incomincia a prender gusto a quello che è rimasto il suo più grande vizio sociale, politico e civile, dico di questo suo essere infinitamente più interessata al *processo* che al *progetto,* alle parole più che ai fatti, alle estenuanti e quasi sempre vantaggiose intermediazioni che rendono impossibile una qualsiasi realizzazione in tempi ragionevoli. Napoli è l'unica città al mondo in cui il numero dei lenoni eccede quello delle puttane: il perfetto aforisma di Karl Kraus, vecchio già di un secolo, vale ancora.

Questo è diventato il costume nazionale. Ma siccome il pesce *fete* sempre dalla *capa*, sarà il caso di ricordare, con Benedetto Croce, che tutti i vizi capitali della città furono, in principio, i vizi dei nobili, dei nobilastri e di quelli che vivono nel loro alone, e che sol perché portano un cappello o indossano una divisa, come ancor oggi può succedere a un vigile urbano o a un usciere, si sentono fatti della medesima pasta, e si comportano di conseguenza. E già nella seconda metà del Cinquecento la faccenda era così evidente che la commedia dell'arte s'era impadronita di un tipo napolitano potenzialmente più rilevato dello stesso Pulcinella (il quale gli è quasi una reazione, un contraltare buffonesco e popolare, un Bertoldo in salsa partenopea), che è il tipo del "capitano", un aggiornamento di Pirgopolinice, il *miles gloriosus* plautino.

"Lors que les Italiens veulent representer un bravache ils mettent ordinairement un capitain napolitain" scrive già nel 1585 il poeta orleanese Germain Audebert. Questo *bravache*, questo spaccone arrogante, prepotente, attaccabrighe e ignorante, finisce quasi per diventare un emblema cittadino. Il gusto cinquecentesco delle tipizzazioni anche linguistiche fa sì che egli si esprima d'ordinario in uno pseudospagnolo infarcito di figure retoriche e roboanti richiami alla mitologia: parleranno così i capitani Spaventa, Cardone, Corazza, Rinoceronte, Terremoto, Spezzaferro, Spaccamonti, Sputasaette, Rodomonte, e l'infinita schiatta di questi improbabili eroi, compresi il Capitan Cocodrillo del napoletano espatriato Fabrizio de Fornaris e il Capitan Mata-

moros del celeberrimo Silvio Fiorillo. Il quale è lo stesso che ne formalizza al livello più alto una versione partenopea nel testo *Li tre Capitani vanagloriosi* (1621), dove, tanto per non sbagliarsi, uno parla in italiano, un secondo in spagnolo e il terzo – quasi una sintesi superiore, il campione della specie – in napoletano. Lo fa con un pesante accento, attraverso formulazioni molto elaborate, in un vaniloquio che piega in ridicolo il gusto tutto partenopeo della locuzione artificiosa. Ed è un altro commediografo napoletano, Andrea Perrucci, a segnalare nel suo manuale *Dell'arte rappresentativa premeditata e all'improvviso* (1699) un criterio di fondo riguardo all'opzione linguistica al capitolo delle "bravure" da mettere in commedia. Giacché, dice Perrucci, "quando si fanno in spagnolo, bisogna farlo con decoro, perché questa nazione per ogni verso gloriosa non patisce esser derisa come non lo soffrono le altre, facendosi deridere i Napoletani per sciocchi e linguacciuti, i Bolognesi per ciarloni, i Francesi per ubbriachi... Lo spagnolo ride nell'ascoltare le bravure, ma non vuol vedere nella parte, benché finta, di soldato, codardie".

Lo spagnolo dunque no. Ma il napoletano sì. Sembra qui di cogliere un diverso grado d'orgoglio nazionale: spagnoleschi in tutto o quasi, i nobili napoletani non lo sono dunque diventati quanto a fierezza autentica. Sono del resto, giusta la notazione di un viaggiatore inglese di primo Seicento, William Lithgow, gente che non avrebbe nemmeno i mezzi per mantenere insieme un galoppino sotto il tallone, un cane ai piedi e un cavallo tra le gambe;

e che tuttavia è sempre pronta a gabellare per splendida nobiltà la sua miseria, e ansiosa di avviare, in assenza di qualsiasi altra proficua occupazione, una qualche causa legale contro il vicino. "Non c'è al mondo una razza più presuntuosa e vanitosa di questa nobiltà, né più vana, fondata sull'apparenza senza avere alcunché di concreto alle spalle di ciò che ostenta all'esterno" annota nel 1632 Jean-Jacques Bouchard, spia e filosofo libertino, forse il più acuto osservatore della Napoli del tempo. "Si comportano da impertinenti, stravaganti, senza sostanza né ordine né coerenza; sono insolenti, offensivi e pericolosi": e in quest'ultimo rilievo sembra vivere il ricordo di una genetica selvatichezza da signori delle estreme periferie, gente da *ius primae noctis* e altri arbìtri capricciosi e sommari. C'è forse, in questo, anche qualcosa del sangue guascone ereditato dalla dominazione angioina, ma c'è soprattutto, dice il francese, la Spagna, che qui è una Spagna corrotta ed estrema, una Spagna d'oltremare come quella d'America, intimamente ferina e rapace: superstiziosa e bigotta almeno quanto morbosa e viziosa, carnale e mistica, brutale sempre, amante dei magnifici cavalli lanciati al galoppo, a briglia sciolta, senza alcuna attenzione ai passanti, e dedita anzi a investirli, a ucciderli, a improvvisare gare di velocità tra carrozze che si scontrano e si rovesciano; per quanto anche qui, decaduta ormai una tradizione di provetti cavallerizzi, in fondo le nuove generazioni prendano più gusto a farsi cavalcare che non a cavalcare, come insinua quel Sade *ante litteram* che è Bouchard.

Gente che alterna furie incontrollabili a pose di ridicolo sussiego, che impettita spinge il petto in fuori e s'irrigidisce sul culo e come in una danza fa fluttuare i lombi, in una "*trépidation culaire*" che insinua in questa messinscena di gallismo virile un sinistro elemento d'effeminatezza, e più ancora movenze quasi automatiche, robotiche, come nei balli di Sfessania incisi da Jacques Callot e ripetuti con geniale fedeltà da Totò. Il tutto, all'insegna di una grassa volgarità veicolata in maniera efficacissima dalla lingua, quel "chiatto napolitano", quella "lengua tosta" che peraltro giusto allora, nel Seicento, incomincia a essere celebrata come una specialità esclusiva, una riserva espressionistica tale da umiliare qualsiasi eleganza toscana, e capace di attraversare i ceti, di unificare le caste, di tenere insieme il multiforme universo napoletano dai nudi lazzari che ballano sulla spiaggia di Chiaia ai damerini che sperperano le notti nei palazzi.

Ancor oggi, certi bassifondi della lingua sono l'ardito ponte lanciato sopra gli abissi che separano le classi. È attraverso il linguaggio che si stabiliscono una contiguità e una complicità, quali nella storia di Napoli sono testimoniate al più alto livello dagli atteggiamenti di Ferdinando IV, ancora il Re Nasone, per il quale, secondo ciò che ne riferisce Alexandre Dumas nelle pagine iniziali de *La Sanfelice* citando le *Memorie* di Giuseppe Goriani, il gusto più alto era di andare a vendere a Mergellina il pesce da lui stesso pescato, in mezzo alle folle vocianti dei peggiori lazzaroni e pisciaiuoli, appunto, dilettandosi col dar di voce nella più bassa parlata, *primus inter pares*:

> il re vende al prezzo più alto possibile, decanta il suo pesce prendendolo nelle sue mani regali e dicendo tutto quello che ritiene idoneo a solleticare la voglia dei presenti. I napoletani [...] trattano il re con la massima familiarità, e gli lanciano ingiurie come a un qualsiasi venditore di pesce che chieda un prezzo eccessivo. Il re si diverte un mondo alle loro invettive, e ride a piena gola...

Già Goethe, del resto, ricordava d'aver sentito parlare un "*hottentotische Dialekt*" nella casa della per molti versi incantevole principessina Ravaschieri, e non da parte di un servitore, ma forse del marito di questa, l'anziano principe di Satriano. "Dal re fino ai lazzaroni" aveva scritto Henry Swinburne, "non esiste al mondo una nazione di così pigri e irregolari soggetti", uniti in una "disgustosa dissipazione." Certo, c'è un'altra faccia di questa stessa medaglia, e accanto ai viaggiatori disincantati molti ve ne sono che, invece, s'incantano e che, considerando Napoli l'unica città in cui valga la pena di passare la vita, comprendono bene che non vi si avverta alcun motivo di curiosità verso l'esterno, e meno ancora alcuna ragione di progredire cambiando. Un mondo autoreferenziale, impermeabile alle notizie dei giornali stranieri e ai fremiti della cultura moderna; nel quale l'eroica resistenza di pochi validi intellettuali viene tenuta in genere per pedanteria noiosa e incomprensibile.

D'altra parte, non è nemmeno trascurabile che alcuni di questi intellettuali di strepitosa qualità condividano a loro volta un gusto speciale per certe vivaci espressioni del genio popolare napoletano, e proprio in quanto prestigiosi alfieri della vivacità municipale vengano celebrati fuori dai confini del Regno.

È il caso, nel Settecento, dell'abate Ferdinando Galiani, amatissimo nei salotti parigini, cui ben si potrebbe adattare l'orgoglioso detto partenopeo secondo cui "nuje Pariggi 'a tenimmo pe' Galleria", niente più che una vetrina per farci la ruota di tanto in tanto prima di tornare a casa. Galiani, faro dell'Illuminismo nell'età di re Carlo III, è l'autore del trattato *Della moneta* (1751) e dei *Dialoghi sul commercio dei grani* (1770), amico in Francia di Diderot e d'Alembert, animatore del salotto di Madame d'Epinay, guardato con rispettoso sospetto e ricambiata antipatia che sa di reciproca gelosia dallo stesso Voltaire, nonché autore del libretto del *Socrate immaginario* di Paisiello, di un vivacissimo trattatello *Del dialetto napoletano* (1779) e di un postumo vocabolario dello stesso. Dell'abate, il romanziere Marmontel, collaboratore dell'*Encyclopédie,* fornirà una interessante definizione: "il più allegro arlecchino che sia stato prodotto dall'Italia, ma un arlecchino sulle cui spalle c'era la testa di Machiavelli". E a lui Diderot dedicherà una *Apologie* nella quale gli riconoscerà un debito di realismo per averlo aiutato a considerare l'idea di una contingenza dei fatti politici, tale da opporsi in maniera feconda al suo generoso ma ancora nebuloso e astratto ideale di "umanità". Quel piccolo machiavellico arlecchino amante dei paradossi feroci, un po' alla Swift, gli scriveva lettere in forma di tesi filosofiche a partire dalla fondamentale considerazione che *"l'homme est un animal absurde"*. L'uomo che è agitato dalle passioni, che per rispetto al suo ideale diagramma rappresentano le ordinate, mentre la ragione, che quelle passioni cerca sempre di imbrigliare e di spostare su una linea mediana, rappresenta l'asse delle ascisse. *"L'homme va entre la passion et la raison par la diagonale. La suite de ces diagonales décrit la courbe. Comme les passions diminuent selon l'âge et la raison augmente, la courbe devient une espèce de parabole qui finit en ligne droite perpendiculaire."* E quale sarebbe la curva migliore per i comportamenti umani? Ma la più equilibrata, ovvio; quella che rassomiglia alla parabola descritta dalla bomba d'un mortaio puntato a quarantacinque gradi. Ne consegue che, per spingere una nazione al più alto grado di perfezione, *"il faut laisser le plus de désordre mêlé avec l'ordre, le plus de passions en contraste des raisons, le plus d'énergie avec le plus de règles, le plus de lois avec le plus d'infractions, le plus de règles avec le plus d'exceptions"*. Esagerando da una parte, si ottiene la Guinea. Esagerando dall'altra, la Cina. *"L'Europe est entre les deux et me paraît en meilleur état."*

"L'uomo è un animale assurdo": la massima dell'abate, coi suoi corollari, è quanto di più napoletano si possa pensare. E, con ogni probabilità, deriva dall'osservazione sul campo, dalla contemplazione del quotidiano spettacolo dell'umanità che si muove e s'agita per le strade di Napoli. Non è certo una massima di radicale progressismo: sia pure nell'ironia, nel disincanto della per Napoli tradizionale dissimulazione onesta, cela anzi una visione del mondo affatto conservatrice, ma forse non tanto per scelta, quanto per intima e collaudata convinzione che di più non sia possibile ottenere.

Di qui, per riprendere il discorso, questo interesse in apparenza bizzarro per il dialetto, questo baloccarsi del filosofo in pensione con il bric-à-brac localistico, che tanto rassomiglia alla mania napoletana del presepe, un tipico frutto settecentesco assai apprezzato dai titolati, tanto che si può dire che se una parte del popolo di Napoli passa la vita senza far nulla, l'altra è tutta occupata in cose da nulla (Vivant Denon). Guardare dunque il popolo, ascoltarlo, temerlo anche, e perciò lusingarlo, e perfino imitarlo, appropriandosene il colore, l'espressività. Parlare come lui, godendo la vertigine del tono che s'abbassa, s'irrochisce, "s'abbruca", si fa eco ctonia di telluriche energie pronte a sprigionarsi. Come il Maelstrom del racconto di Poe, è quello un vortice dentro il quale, quasi per una irresistibile curiosità, i napoletani bennati rivolgono lo sguardo. Si tratta a volte di una riserva cui attingere a piene mani in una sorta di culto delle memorie patrie; ovvero, per quanto riguarda in particolare l'attività degli scrittori quando fanno quasi sentire le virgolette entro cui è idealmente compresa la parola vernacolare, di una risorsa buona per rielaborare e rinvigorire i mezzi linguistici di cui dispongono. Il Seicento, gran crogiuolo della napoletanità e secolo mai davvero trascorso, è l'epoca in cui questa pratica s'esprime con i risultati più formidabili. Il più famoso scrittore di Napoli, Giambattista Basile, vero nume della fiaba europea, costruisce con la lingua tostissima del popolo, pur corredandola con le più squisite eleganze della retorica, il suo capolavoro *Lo cunto de li cunti*, mobile specchio cui ancor oggi possiamo domandare chi siamo. A un livello più diretto, meno filtrato, più basato sulla pura registrazione del parlato, compone invece *Le Muse Napolitane*, una raccolta di "egroche", ciascuna dedicata a una delle nove abitatrici del monte Elicona, in cui, in feconda opposizione, vibra per intero la quotidiana vicenda della gran città. A partire dalla stessa titolazione, le egloghe presentano, attraverso l'accoppiamento del nome della Musa con il soggetto (dialettale) del componimento, la non separabilità tra raffinata invenzione artistica e contenuto intensamente popolare; e anzi, singolari monumenti del robusto realismo di Napoli, quasi ostentano questa dinamica alto/basso, che anzi più s'abbassa quanto più s'innalza. Abbiamo così *Clio-li Smargiasse* (si parla di risse e di quelli che oggi si direbbero guappi), *Euterpe-la Cortisciana*, cioè le puttane, *Talia-lo Cerriglio*, ossia la caravaggesca e più celebre e pericolosa taverna napoletana del tempo; *Melpomene-le Fonnachere*, ovvero le abitatrici dei fondaci, quei brulicanti universi promiscui e malsani giunti fin quasi a noi; e via di seguito.

In tempi relativamente recenti, il contenuto di

una di queste nove egloghe – quella delle *Fonnachere* – ha conosciuto una nuova popolarità attraverso *La Gatta Cenerentola* di Roberto De Simone, che l'ha ripresa nella travolgente scena degli insulti. Qui, un certo immaginario napoletano molto materico e quasi fognario spalanca le sue ali e prende il volo nel fedele referto del botta-e-risposta intervenuto tra Pascadozia e Colospizia, tra le quali s'intromette a un certo punto il consorte di quest'ultima, Marchione, per un autentico *strascino* del tipo di quelli cui ancor oggi, sia pure a un livello infinitamente depotenziato di fantasia lessicale, è talvolta possibile assistere in certi vicoli. Le favelle del mondo intero si danno convegno e fanno a gara per superarsi in infamia. Pascadozia picchia su Colospizia e su suo marito Marchione in arabo, spagnolo, in greco, in catalano, in tedesco e perfino in antico longobardo, dando loro rispettivamente di *vaiassa* (da *baassa*, "serva"), di *guitta* (da *guitonería*, "furfanteria"), di *caiotola* e *caiorda* (da *kaja*, "puzzola"), di *rechiammo de vastase* ovvero "attrazione per facchini" (da *bastax*), di *iolla* (da *jolle*, "barchetta" e per traslato "vacca"), di *verlascio* (da *Bärengelass*, "rudere"). Rispondendole per le rime, oltre che a conii di antichissima origine come *leiestra* (dal greco *laikàstria*, "civetta, vagheggina"), Colospizia si affida per lo più al francese, e le dà per esempio di *guaguina* (da *coquine*, "puttanella"), e anche di *zandraglia*, una parola che rappresenta una sorta di festival della scienza etimologica perché sta a indicare le donne d'infima estrazione cui in epoca angioina veniva affidato, dopo i pubblici squartamenti, l'incarico di ripulire i patiboli dalle interiora dei condannati (*les entrailles*, appunto). Né il florilegio dei vocaboli d'importazione può dire in modo compiuto della formidabile ricchezza del testo, al cui interno si rapprende con impressionante concretezza un universo di attività più o meno ignobili, prima fra tutte il meretricio: di una *spitalera*, una che appunto frequenta i sordidi ospedali dell'epoca, di una *sfoca-chiurme*, una che è cioè in grado di far sfogare intere ciurme d'assatanati marinai, di una *'nfranzesata*, cioè affetta da sifilide o "mal francese" (in Francia lo chiamavano *mal napolitaine*). E tutte hanno un aspetto tremendo, un catalogo di fisionomie da far impallidire Lavater e Lombroso: una è *scalorcia*, magra cioè come il più malnutrito ronzino, l'altra *mossuta*, cioè prognatica; e se l'una è *perogliosa*, l'altra è *lennenosa*, dunque hanno entrambe i pidocchi; e quanto a Marchione, be', lui, oltre che *naserchia*, ornato cioè di un naso camuso, è un patetico, inguaribile *guallaruso*.

Quattro

Ma sì, siamo sboccatissimi. Una certa terragna volgarità sembra, oggi più che nel passato, la sostanza più appariscente del parlare napoletano. E ne fanno fede anche certi recenti exploit parlamentari, come quando il senatore Tommaso Barbato dell'Udeur ha giganteggiato a Palazzo Madama in occasione della caduta del governo Prodi (25 gennaio 2008) indirizzando al collega Cusumano, insieme a una sputacchiata, un ricco assortimento di insulti – "pezzo di merda, squallida checca, cesso, troia" – i quali, data forse la sacralità del luogo, venivano enunciati in italiano, pur conservando, e non solo per questioni di accento, un inconfondibile sound campano, in particolare nella voce cesso, che è ormai un lemma-grimaldello, buono per aprire i più vari e vasti scenari emotivi, secondo il modo di articolarlo e il tono che ci si mette. Certo, rispetto al Seicento, la straordinaria ricchezza barocca si è di molto impoverita, quasi che le parole perdessero il naturale contatto con le cose e, insieme, la possibilità di portare quel nesso plastico e concreto a una dimensione simbolica, fino al livello dell'invenzione poetica.

Il dialetto napoletano, per quanto caparbiamente e quasi eroicamente vitale, segue le sorti della lingua italiana, e di conserva con quella vede ridursi il proprio vocabolario. La ricca gamma degli epiteti di tenore scatologico, la "fase anale" della lingua, quella così vivacemente presente nel dialogo delle *fonnachere,* s'è quasi prosciugata, riducendosi in buona sostanza a soli due-tre termini: chiavica, latrina e, per l'appunto, cesso, declinabile anche al femminile. («Cessa, piglia l'aereo», si sentì sibilare alle spalle una mia amica che percorrendo di fretta via dei Mille aveva chiesto permesso a una signora.) L'altra strepitosa riserva, quella sessuale, pare ormai orientata quasi in esclusiva verso una banale pornografia associata all'atto della *fellatio.* Basta una passeggiata nei Quartieri Spagnoli per rendersi conto che la parola di gran lunga più usata è *bucchì,* contrazione di *bucchino,* la variante locale del basso italiano "pompino". *Bucchì* si dice nelle più varie occasioni, e sovente ha una piega in positivo, una connotazione affettuosa, come a dire "vecchia volpe", o "diavolo d'un uomo". Se rivolto a una donna, e dunque declinato al femminile come un aggettivo, perde questa possibilità positiva perché dalla cosa passa alla funzione. Basta un nulla, e *bucchina* si trasforma in *bucchinara,* parola su cui s'addensa un nero grumo di disprezzo morale, che solo il lavoro può riscattare, come tanti anni fa mi mostrò una puttana nelle vicinanze del night club Marocco. Inginocchiata, aveva davanti a sé un marinaio nero, enorme, sbronzo fradicio, che, i pantaloni calati, si reggeva alla saracinesca di un negozio nella postura di un crocifisso. Intorno, un manipolo di sfaccendati s'era disposto a osservare il procedere dell'operazione e quella poveretta, a un certo punto, s'era spazientita e aveva gridato: «Jatevenne 'nu poco affanculo, me state luvando 'o ppane 'a vocca!» (andate un po' a quel paese, state levandomi il pane di bocca). E comunque, col semplice accorgimento di un diminutivo, le cose possono cambiare: *bucchinarella*, infatti, non rinvia di necessità alla giovane età della destinataria dell'epiteto, ma può in effetti qualificarsi come ironico rimprovero rivolto non alle arti erotiche di cui essa è capace, bensì anche alla sua furbizia, o machiavellica capacità di trarsi d'impaccio nelle più varie circostanze.

L'impoverimento del dialetto è uno dei segni forti del più generale decadimento del tono complessivo della città. La sua parte più cospicua, la sua vivente memoria storica e mitica, vale a dire il popolo basso, o sottoproletariato, o plebe che dir si voglia, ha acuito la propria separatezza, elaborando un universo di gusti e consumi culturali parallelo rispetto a quello dei ceti più coltivati. E si è rinchiusa in una specie di afasia nuova, che è certo figlia dell'ignoranza di ritorno della televisione, ma che comporta una omologazione feroce: lo stile ieri finto-Versace, oggi finto-Cavalli; le canzoni di Gigi D'Alessio e soprattutto quelle dei suoi lamentosi epigoni; una onomastica che ha sostituito i gloriosi Gennaro, Pasquale e Nunzia prima con gli improbabili "Genny", "Pachi" e "Nancy", e che, procedendo sulla via di una presunta emancipazione, ha poi scoperto i più risoluti Gianluca, Alessia, Massimiliano; e così via. Un'afasia che va verso l'adozione di un linguaggio minimale, vera sequenza di monosillabi inarticolati cui esito è una sostanziale liquidazione del verbo. Un radicale processo involutivo di cui per l'appunto *bucchì* rappresenta uno degli esiti più eclatanti.

Soffermiamoci ancora per un poco sul senso di questa mezza parola. Il suo contenuto negativo si direbbe associabile all'idea di un sesso intransitivo, che non feconda, che è votato allo spreco del seme e a un piacere da quattro soldi. Ma è il caso di notare che intorno al concetto del liquido seminale ruota oggi la parte maggiore del basso repertorio partenopeo. In napoletano, sperma si dice *sfaccimma,* che è insieme una corruzione del termine originario "spaccio" e, come denota il suffisso *-imma,* una derivazione da quello, quasi se ne volesse indicare una sua indistinta persistenza residuale. Ai miei orecchi questa è sempre suonata come una parola estremamente volgare, e al contempo sommamente meridionale, in quanto raccoglie in sé alcune delle caratteristiche fondanti della nostra parlata: la scia della esse impura, il ripetuto raddoppiamento consonantico, e di conseguenza una sonorità assai veemente, dall'oscena rotondità. A Napoli è divenuta un comunissimo intercalare. Si dice per esempio "che sfaccimma faje?" come altrove si domanderebbe, con più rapida e banale volgarità, "cazzo fai?".

Le lingue si possono classificare in base al rapporto interno che presentano tra significante e significato: in questo caso, ben si potrebbe dire che il confronto si svolge tra eiaculante ed eiaculato e, a Napoli, a tutto vantaggio del secondo. Il che ci riporta a *bucchì*: se lì l'enfasi è posta sul carattere di malcreato, di scherzo di natura, di ironia del caso che s'appunta sulla figura del prodotto di una non-fecondazione; qui, in *sfaccimma*, ci si concentra invece sul momento seminale, dunque a suo modo regolare, del soggetto destinatario dell'epiteto. A Napoli, per dire di una persona cattiva, detestabile, infida, si può usare l'espressione "ommo 'e sfaccimma", uomo di sperma. È quasi una tautologia: tutti gli uomini, in fondo, sono fatti di quella sostanza. Si può intendere come "uomo di niente", cioè nudo nella sua quintessenziale fisiologia. Vorrà forse dire, come asseriva l'abate Galiani, che l'uomo è veramente un animale assurdo? Che nella radice della sua stessa umanità non mitigata né educata dalla civiltà esso si presenta come una creatura terribile e da evitare? Chi lo sa; ma ho l'impressione che nel corso del tempo si sia perso il legame naturale tra le parole e i concetti. Che si parli male perché si pensa male, o non si pensa affatto. *Bucchì*: insensato trisillabo tronco, appartiene ormai soltanto all'indifferenziato *patois* di una città che non si parla più, come del resto prevede la modernità della fretta e della pura superficie. Sicché, al postutto, "fà 'e bucchine", praticare cioè il sesso orale, ha finito anche per significare il non fare nulla, o nulla di utile, come dovette capire quella trepida mamma che, per pavoneggiarsi davanti alle amiche, tormentava la figlioletta dicendole: «Essù, bella a mamma, dici: che faceva Cenerentola?», e glielo ripeteva insistente, incurante della muta ostinazione della piccola, fino a quando, come dio volle, quella rispose, eccome se rispose, sfoderando per l'occasione una voce profonda che nemmeno Linda Blair nell'*Esorcista*: «Che faceva Cenerentola?».

«'E bucchine.»

Dunque il nulla, il silenzio, l'afasia. E che così stiano in fondo le cose lo rivela anche l'illanguidimento, se non la rimozione, dal robusto orizzonte delle maleparole napoletane, della grande, misteriosa, accogliente sfera femminile. Un mondo di sorelle invariabilmente da salutare, di mamme da insaponare, e soprattutto di organi sessuali da evocare sta scomparendo dalla quotidiana chiacchiera della metropoli, e anche questo potrebbe essere un segnale di degrado, l'allarme per un monumento in pericolo, giacché Napoli, poi, sarebbe città femmina, città che sanguina coi suoi santi in giorni prestabiliti secondo una ciclicità lunare. Città che anche nella sua forma fisica può ricordare l'organo riproduttivo delle donne: uno scrittore francese che ne è innamorato alla follia, Jean-Noël Schifano, ha scorto nella lunga e stretta prospettiva di Spaccanapoli nient'altro che il taglio di una enorme vulva rivolta verso il cielo. E come Spaccanapoli va in malora, anch'essa non mostra un aspetto virginale. Le parole napoletane per definire il sesso femminile sono assai numerose, come del resto in ogni altro dialetto italiano e non solo. Una però ve n'è che più di tutte lo riconduce a una dimensione quasi mitologica, ed è *pucchiacca* (o anche *purchiacca*), parola dalla sonorità grave, scandita e ingombrante. Vi distinguono taluni la radice ellenica *pyr*, e strologando di vocabolario ne ricostruiscono un etimo che non mi ha mai convinto e che purtuttavia mi entusiasma: "fodero di spada di fuoco". Una cosa solenne e sacra, gli amori di Venere con Marte. Mi riporta alla memoria certi versi romagnoli di Tonino Guerra quando, parlando del sesso femminile, scrive che talvolta, nel contemplarlo, gli appare come una Madonna. Ma quella è poesia d'autore, e questa lo è di popolo.

Comunque sia, un tratto che balza agli occhi è la forte e rinnovata presa che sulla Napoli odierna hanno le donne. Le donne del popolo sono figure della presenza e della continuità: i loro uomini lo sono dell'assenza e della scarsa durata. Fondamentalmente irresponsabili sempre, in quanto irredimibili figli di mamma e archetipi del bamboccionismo nazionale, si cacciano nei peggiori guai e una pallottola o una coltellata li tolgono dalla circolazione, quando gli va bene, poco dopo i trent'anni. Le donne formano un universo a parte. Negli ultimi decenni hanno sedimentato un'autonomia molto forte, che le ha portate in non pochi casi a far carriera nell'unica grande azienda cittadina, quella della criminalità. Sono donne in tutto speciali. Perpetuano la tradizione napoletana dell'amore per il trucco pesante ed elaborato, ricoperte di gioielli come la Madonna dell'Arco ma non più solo *matres dolorosae*, bensì fierissime femmine dominanti, quasi un aggiornamento delle celebri *matres matutae* italiche del museo di Capua, quelle arcaiche figure plurimammellute che sembrano proclamare il loro ruolo di nutrici dell'universo.

Vai in giro e le vedi, queste orde di giovani del sabato sera. E in mezzo a loro vedi le ragazze in tiro, il tacco dieci, la microgonna o il jeans fasciante, il fard e il kajal, le zizze strizzate nei corpetti, i capelli, già scuri di loro, tinti in modo da risultare più neri della pece, la lingua mobile e pronta a rilanciare, ad alzare il livello del corteggiamento. I maschi continuano a pretendere di vigilare su di loro, di esercitare una qualche forma di comando, ed è pertanto bene girare alla larga per non correre il rischio di destare sbocchi improvvisi di gelosia dalle imprevedibili conseguenze. Ma questi maschi sono poveracci demoralizzati, del tutto incerti della loro virilità, tenuti su a generose inoculazioni di droghe di sintesi e capaci esclusivamente di cieca violenza. Loro, invece, come divinità distanti e inattingibili, menano la danza, salgono a due a due sugli scooter o sulle Smart per farsi inseguire lungo il percorso obbligato che conduce al lungomare di Mergellina. Le macchine dei maschi le accostano e le perdono, le riprendono e le tallonano in una gara ostinata e sfibrante nel traffico. Loro tirano dritte e non abbassano il finestrino, concedendosi infine una volta scelto il fuco che gli pare più adeguato, quello che saprà rivestire di una dignità più alta il suo destino di perdente designato.

Un paio d'anni orsono, durante un caldissimo luglio che pareva voler liquefare le case, una notte mi ritrovai in macchina perso in un punto imprecisato dei Quartieri Spagnoli. Intorno a me, come in una rutilante Spanish Harlem, pulsava una vita frenetica e pittoresca. C'erano affollate riunioni di famiglia nei vicoli, e in molti avevano cacciato dal basso il divano e il televisore e l'avevano piazzato in mezzo alla strada, fottendosene delle necessità del passaggio. C'era chi banchettava attorno a tavoli improvvisati, e frotte di motorini schizzavano per ogni dove, strombazzando a ogni incrocio così da non doversi fermare mai. Mi ritrovai nell'impossibilità di procedere, incastrato davanti a un camion dell'immondizia che veniva in controsenso e che in quel momento era fermo a sua volta nell'attesa che gli uomini dalle tute catarifrangenti finissero di svuotarci dentro bidoni e cassonetti. Accanto a un cumulo di munnezza vidi due ragazzine del genere che ho descritto e rimasi incantato allorché una di loro, tirandosi su la minigonna, apostrofò come segue il guidatore del camion: «'O zi', 'a sapite a chesta?» (Zietto, questa la conoscete?). Quella ragazzina, mi pare quasi superfluo precisarlo, non era una prostituta, non stava lì per *fottere*, semmai per *sfotte-*

re. Assaporava il piacere della sua giovinezza, che esponeva come una sfida, nella certezza impertinente di vincerla. Ruggero Guarini l'avrebbe di certo riconosciuta come la reincarnazione di quella vecchia che nel *Cunto* di Basile solleva all'improvviso la sottana e ostenta "la scena voscareccia" (mi ricordo che a Milano l'ho sentita chiamare "la boschiva") per tutta risposta a un ragazzo che le aveva tirato un sasso e le aveva con ciò mandato in pezzi un orciuolo. Di quel gesto rise una principessa dedita fin'allora, nella più profonda tristezza, a contemplare il mondo da una finestra del suo maniero. Una situazione, avrebbe specificato Guarini, che ha il suo remoto antecedente nella vicenda di una mitica Baubò impegnata nel gesto dell'*anasyrma* (*anà* "sopra" + *syrma* "veste a strascico"), attraverso il quale ci si tira su la veste e si mostra quello che le sta sotto. Persefone viene rapita da Aidoneo che se la porta con sé nell'Ade; Demetra sua madre si dispera e infine riesce a ottenere da Zeus che Persefone possa almeno dividersi tra l'Ade in inverno e la terra nella bella stagione. Racconta un inno orfico citato da Clemente Alessandrino per testimoniare la peccaminosità del paganesimo, che mentre Demetra era fuori di sé per l'improvvisa scomparsa di Persefone, questa Baubò, che era una ragazzetta peperina e sfacciata, riuscì a farla ridere precisamente così: tirandosi su il peplo e mostrando la natura sua. Mostrandole la vita a dispetto della morte.

Questi gesti antichissimi ma ancora vivi ci ricordano anche che il nostro è un popolo che non prova vergogna. Mi rendo conto che dirlo così può suonare offensivo. E tuttavia, senza postulare una nativa immunità allo scuorno, risulta davvero difficile orientarsi nel quotidiano di Napoli così come s'è andato dipanando negli ultimi secoli.

La loro fortissima attitudine teatrale, per non dire addirittura istrionesca, fa sì che in qualsiasi situazione i napoletani avvertano quasi il dovere di interpretare la parte che, così pensano, tutti si aspettano da loro. Si tratta nella maggioranza dei casi di una parte brillante, talora buffonesca, tesa comunque a esaltarne il carattere vivace. La città è il teatro quotidiano di una "grande recita" collettiva, scandita per quanto possibile su rigorosi tempi comici e tragici, in un'alternanza di pieni e di vuoti che di volta in volta accompagnano memorabili a solo o scene corali. L'avvento della televisione è servito a sottolineare questa naturale inclinazione, e ha fatto sì che tutti potessero trovare e sfruttare il famoso quarto d'ora di celebrità legato al fugace passaggio di una telecamera. Di norma, un napoletano non sa resistere alla tentazione di apparire. Se non ha nulla da dire, cercherà almeno di dirlo con una particolare intonazione. Il suo sarà un intervento comunque spettacolare, sopra le righe, sorprendente: qualcosa di simile all'"effetto Vincenzoni" ben noto ai vecchi sceneggiatori, per cui quando la trama d'un film arrivava a un momento di stanca, bastava che si aprisse una porta e ne spuntasse la canna di una pistola perché la baracca ritrovasse un suo ritmo. Talvolta, l'effetto risulta irresistibile. Nel 1980, nei primi giorni del dopoterremoto, durante un collegamento notturno da

Napoli, un omone dai modi spicci e l'aria di un capopopolo strappò di mano il microfono a un timido cronista e pieno di sdegno civile ci gridò dentro: «Abbiamo saputo che molte persone hanno trascorso la notte all'addiaccio. E perché a noi, invece, ci tocca di stare qua in mezzo a una via?». Questo genere di exploit, moltiplicatisi nell'era delle dirette, della tv in mezzo alla gente, del reportage-verità, ha avuto grande fortuna al ripetersi di ogni disgrazia. E si è ripresentato in occasione della crisi dei rifiuti del gennaio 2008, che per un lungo periodo ha monopolizzato la seconda serata delle reti televisive nazionali, e ha avuto modo di giocare su una collaudata ripetitività e, dunque, di riciclarsi in una specie di tormentone di culto.

Gli ascolti napoletani della trasmissione "Porta a Porta", che ogni sera aveva in scaletta un collegamento dalla discarica di Pianura, si sono impennati non tanto e non solo a cagione dell'oggettivo interesse del tema trattato, quanto anche della popolarità raggiunta dagli interpreti di quella che nel volgere di poche puntate aveva ormai assunto la veste di una vera e propria sit-com, coi suoi personaggi fissi rappresentativi di una gamma completa di sentimenti, tic, emozioni. C'erano la giornalista bionda un po' *fanée* ma con la permanente curatissima, la mamma-coraggio pronta a sgranare il rosario completo delle sventure sue e di tutto il quartiere, l'esperto che snocciolava gli impressionanti dati di rilevazioni fai-da-te e che a un certo punto si è avvertito il bisogno di rappresentare con tanto di camice bianco e strumenti d'alta precisione piantati nella nuda terra per misurare l'incommensurabile. C'era l'ambientalista dai modi vagamente femminei, in assoluto il personaggio che ha riscosso il gradimento maggiore in virtù dei suoi interventi sempre puntuti dai quali emergeva, fra l'altro, il rovello dell'uomo di sinistra deluso dai suoi stessi eletti. E non potevano mancare i politici in studio: terrei gli accusati, pimpanti i loro oppositori. Per una volta, sono stati esclusi da questo teatrino televisivo i figuranti che per tanti anni l'avevano fatta da dominatori in ogni collegamento da Napoli, vale a dire uomini e donne scalmanati e imploranti, impazienti e vocianti, espressione del tumultuoso spirito popolare.

C'erano anche loro, ma stavano fuori scena, a fare il lavoro sporco. Mentre alla postazione tv di Pianura si esibiva una Napoli misurata e consapevole, a poche centinaia di metri di distanza squadracce di guaglioni appiccavano il fuoco ai cassonetti, tiravano pietre ai pompieri, minacciavano i commercianti che avessero titubato sull'osservanza di un coprifuoco imposto con la violenza. E qualche altro centinaio di metri più lontano, come si sarebbe accertato un paio di mesi dopo, laboriose ciurme di muratori erano attivamente impegnate a tirar su altre case abusive, altro cemento aggiunto a un mare di cemento illegale che ha ricoperto quelle e tante altre plaghe della Campania, senza mai curarsi troppo dell'eventuale presenza di discariche, perché poi l'uno e le altre, il cemento e le discariche, entrambi fuorilegge e come tali garantiti da un sistema illegale di mutuo soccorso, nei fatti era come se non esistessero. Nella Campania dei mille roghi di protesta e disperazione, è successo infatti che le discariche, finché a gestirle era la camorra, non siano mai state messe veramente in discussione se non da parte di pochi visionari idealisti disposti a pagare anche con la vita le loro denunce. Il nostro diritto alla viltà include la possibilità di insorgere soltanto se la controparte è la legge, che non fa altrettanta paura. E la legge, tra l'altro, può decidere di ritirarsi, come è successo a Pianura, dove alla fine si è rinunciato a riaprire la discarica in nome della quale s'era aspramente battagliato (ma perché?) per settimane.

C'è stato un lungo periodo in cui ogni volta che i cronisti della tv andavano fra la gente, a noi napoletani un po' fighetti che guardavamo lo schermo venivano fitte di vera vergogna. La televisione mostrava scene di primordiale arretratezza, accompagnate da un sonoro di storte sillabe e pesanti accenti che spesso imponevano la sottotitolazione. La televisione raccontava storie di camorra, tragedie familiari, vicende di umiliazione e povertà, ma quello che con prepotenza ne veniva fuori era l'evidenza di una più grande tragedia della quale non si parlava mai, l'impressionante esibizione di un'emergenza da cui tutte le altre derivavano: quella di una spaventosa, mortificante ignoranza. Com'era possibile che ragazzi di diciassette-diciotto anni non fossero in grado di pronunciare una sola frase di senso compiuto in italiano? Che ne era dell'istruzione di massa, della scuola come presidio di civiltà? Che ne era, poi, dell'unificante funzione di supplenza che la stessa televisione, veicolo potentissimo di diffusione di uno standard linguistico di base, avrebbe dovuto esercitare? Pareva che in quella terra desolata non fosse mai brillato un barlume di civiltà, che tutti gli indicatori del progresso sociale se ne fossero scordati, che l'avessero saltata a piè pari come si salta o si aggira un fosso su cui venga messo un segnale di pericolo. Pareva, anche, che ci fosse da parte dei cronisti il compiacimento d'aver fatto un lavoro efficace e conturbante, sembrava che avessero avuto cura di scegliere solo le sequenze più pulp: la pietà o l'orrore elargiti a piene mani, come se non si volesse deludere lo spettatore, che da Napoli pretende immagini forti e non si accontenta di un prodotto misurato. O che, anche quando l'intenzione è benevola e si punta a mettere in luce i vantati splendori della cultura, dell'arte, della storia napoletane come contraltare dei rifiuti e dei cassonetti incendiati, ha bisogno di un quadro comunque problematico, di un retrogusto di perplessità inestirpabile. Sicché il racconto delle meraviglie cittadine viene magari affidato alla voce di un celebre artista del quale la telecamera inquadra con insistenza la bocca, munita di un solo dente nell'epoca del più ossessivo culto dell'eterna giovinezza e del più straordinario progresso delle protesi. Quel signore, del resto, non si mostra affatto imbarazzato per la sua evidente impresentabilità. Sembra anzi quasi ostentarla come un emblema di vanto.

È un genere di trascuratezza, diciamo pure di abissale sciatteria, radicatissimo a Napoli, che in certi periodi dell'anno si manifesta con grande rilievo. L'estate, da questo punto di vista, è la stagione più crudele: stagione di nudità e di traspirazioni, di autobus infrequentabili e di soffocanti promiscuità.

È d'estate che sul litorale di via Caracciolo tornano a farsi vedere i lazzari: praticamente nudi, buttati sulla rena scura di Mappatella Beach, e nudi e cotti dal sole a sera, quando riprendono la via di casa. Un gran ciabattare d'infradito, un gran vociare di baby-gang arrampicate sugli aliscafi in partenza da Mergellina colmi di turisti in preda alla fregola del pittoresco. Al Molo Beverello, al cospetto di nugoli di giapponesi già pronti e impacchettati per Capri, un vecchio ambulante sciorina la sua merce e declama una serqua di parole incomprensibili tranne che per l'iniziale "pistachios" e il finale "cocco fresco". Lì davanti, al di là di un semaforo e della relativa striscia pedonale che dovrebbe garantire un minimo di sicurezza per i gruppi di turisti appena sbarcati ma che s'infrange invece contro l'edicola di un giornalaio, ronzano loschi figuri dediti all'arte del "pacco": offrono orologi, computer, palmari, ogni sorta di gadget tecnologici a prezzi stracciati; sono in grado di rifilarti una bella confezione che, quando andrai a scartarla, si rivelerà essere una scatola vuota, un mero "pacco", appunto. Come affascinati da qualche invisibile pifferaio, i turisti sciamano per il mandracchio, si inoltrano nelle stradine dei cinesi, affollano pizzerie e fast food, il kebab del "Talibbano" e "Marenn", ovvero una interpretazione locale e non autorizzata di McDonald's che inalbera la stessa grande emme dell'originale; sono in grado di percorrere miglia e miglia a piedi e di arrivare, guida alla mano, fino ai Decumani. Il bollettino della questura dirà poi, il mattino dopo, quanti di loro siano stati rapinati del "rolex" (*'o rolèx*) che portavano al polso, e c'è di che rimanere stupefatti al pensiero di quanti disgraziati, ancor oggi, si ostinino a girare per Napoli col "rolex". E infatti molto spesso non è vero. Molto spesso – come l'altra estate la polizia ha avuto modo di dimostrare prima sbugiardando un inglese che aveva denunciato di aver subito il furto di una telecamera, figuriamoci, sulla piazzetta di Capri, e poi una sudamericana che asseriva di essere stata scippata a Napoli – i turisti ci marciano, e ci provano con l'assicurazione.

Io sono stato rapinato una sola volta nella vita, a Milano. Un tossico forse finto, brandendo una siringa, una sera che portavo il cane a far pipì mi invitò a dargli tutto ciò che tenevo in tasca. Avevo cinquemila lire, gliele diedi scusandomi perché non c'era altro, ero giusto sceso a portare il cane, e la cosa si risolse senza che nella testa mi rimanesse quel senso di umiliazione e di rabbia impotente che so essere lo strascico più penoso in occasioni del genere. Certo le cose non filano sempre così lisce. Anzi, i casi in cui la violenza si scatena in modo bestiale sono tanti, troppi, e vanno a comporre le cifre di una statistica molto più latinoamericana che europea. "Non torneremo mai più in questa città" è la frase che sempre pronunciano i turisti che sono rimasti vittime di un simile trattamento, e ormai, visto quante volte ricorre immutata, noi cronisti potremmo proporla a questi malcapitati su un modulo precompilato, talché basti barrare lo spazio apposito con una crocetta. Certo, malgrado la ripetitività, a me continua a fare impressione l'attrito che si crea fra un così apodittico *statement* e la massima di Goethe, quando scrisse che "non sarà mai del tutto infelice chi può ritornare col pensiero a Napoli".

Ma anche al tempo di Goethe, cioè alla fine del Settecento, Napoli non era certo il più rassicurante dei luoghi. La violenza vi era praticata con larghezza, le turbe dei lazzari incutevano un sordo timore, e non c'è viaggiatore che manchi di sgranare il rosario degli imbrogli, delle grassazioni, delle promesse non mantenute e degli abusi patiti a opera di una vasta popolazione di fiaccherai, locandieri, osti, affittacamere, guide e venditori che tutti insieme danno il senso corale di una indomabile, inestirpabile, ineguagliabile corte dei miracoli. Perché mai, dunque, il solo pensiero di Napoli poteva essere tenuto per una specie di polizza sulla felicità?

Le risposte possono essere molteplici. La più ovvia, è quella che nel dicembre 1818 si diede il grande poeta inglese Percy Bysshe Shelley. "*On entering Naples*" scrisse a Thomas Love Peacock "*the first circumstance which engaged my attention was an assassination.*" Shelley stava nella sua carrozza, e d'improvviso notò come uno scarto, un brusco movimento della folla che la circondava, e fece in tempo a veder balenare la lama di un coltello, un uomo che stramazzava a terra, un altro che fuggiva. Non male come battesimo del fuoco. L'atroce spettacolo, che all'epoca doveva essere ben più frequente di quanto non sia ai nostri giorni che pure ci paiono così tristi, non era tale da velare la celestiale bellezza dell'altro spettacolo che la città a poco a poco squadernava di fronte agli occhi incantati del visitatore: "*External nature in these delightful regions contrasts with and compensate for the deformity and degradation of humanity*": lo scenario naturale di queste deliziose regioni contrasta e compensa la deformità e il degrado dell'umanità che le abita. A uno come Shelley, e la sua altissima, rarefattissima poesia sembra dimostrarcelo spesso, non sarebbe dispiaciuto se su Napoli, o anche altrove, fosse esplosa una bomba al neutrone, di quelle che fanno fuori la gente ma lasciano intatte le cose intorno, la mole pittorica del Vesuvio – "*a smoke by day and a fire by night*" – e la placida distesa del mare, come uno specchio che riflette l'incredibile gioco di luce. E tutto lì, a portata di mano: inquadrato dalla sua finestra.

Il primo motivo che faceva sì che il solo pensiero di Napoli fosse una specie di polizza sulla felicità va dunque cercato nella inimitabile bellezza del luogo. Gli altri gli sono in qualche modo figli. L'amenità del paesaggio, certo, poteva riflettersi sul carattere dei suoi abitanti con effetti contraddittori: risolversi da un lato nel contagio di una generale letizia, il cui esito più appariscente era una straordinaria vocazione musicale, al punto che Mozart era convinto che, se avesse scritto un'opera per il San Carlo, sarebbe stato ricordato e celebrato ovunque, giacché *"Naples est la capitale du monde musicien"*, come notava Charles de Brosses; e dall'altro diventare, secondo l'efficace espressione di Charles Dupaty, una "nemesi del sole", che produce pigrizia, immobilismo, arretratezza. Un sistema complesso come quello di una grande città vive del resto di grandi contrasti: splendore e squallore ne fanno parte con pari dignità, ed è questa loro compresenza a determinare il fascino di Napoli, a far sì che essa sia, come dice lo Stendhal del 1817, *"la seule capitale de l'Italie"*. Definizione nella quale, infine, trova posto la vita, un dinamismo che spesso diventa caos, che può inquietare e allarmare, ma che, sposato all'incomparabile scenario naturale oltre che a quello monumentale, dice di una vivacità, di una gaiezza, di una sensualità miracolosamente conservatesi intatte, non corrotte né dal potere civile né da quello religioso. Di un connubio tra natura e cultura, in cui la prima riesca sempre a far prevalere le sue più profonde ragioni. Dove, insomma, sia proprio il popolo con la sua memoria ancestrale, le ingenue credenze e il "sentimento creaturale" che spesso scambiamo per spietato utilitarismo, a fare la differenza, a rendere insieme modernissima e antichissima la sua città.

«Non sarà, Ruggero, che con questa categoria del "sentimento creaturale" che ti sei inventata, si finisca per coprire o giustificare un po' tutto quello che è successo e succede a Napoli?»

Ruggero Guarini, scrittore e polemista, mi sogguarda un po' sorpreso e a fior di labbra gli si disegna come una piega di divertita ironia, qualcosa che sul suo viso deve aver preceduto, e di molto, la barba.

«Be', questa categoria non l'ho inventata io, bensì Erich Auerbach, che in certe bellissime pagine di *Mimesis* si servì dell'espressione "realismo creaturale" per definire lo stile di certa letteratura medievale. Io mi sono limitato ad applicarla all'opera di Domenico Rea, cioè dello scrittore napoletano che più di ogni altro della sua generazione – forse perché proprio napoletano non era – era animato da un forte sentimento di comprensione, di misericordia e quasi di adesione allo spirito e al sentimento della vita del popolo campano, sia del contado che della plebe della città. Ciò premesso, ti vorrei dire che io questa benedetta categoria la vedo scritta nelle cose. E che il non essere riusciti a capirla, e a rapportarsi a essa, è in fondo la vera tragedia della cultura a Napoli.»

«Spiegamelo meglio.»

«Voglio dire che ho la vaga sensazione che gran parte delle cause degli errori commessi dalle classi dirigenti napoletane degli ultimi due secoli, specialmente da quelle che si pretendono di sinistra, dipenda dalla distanza che si è creata tra loro e il popolo. Se dappertutto, in Italia come in Europa, la modernità si è contraddistinta per il progressivo distacco della cultura alta da quella popolare, a Napoli mi pare che si sia prodotto un distacco assai più profondo che altrove. Che si tratti di un vero baratro. Anche a Parigi, pensa alla distanza che separa il popolo dell'89 dai *philosophes*, la cultura borghese di ispirazione genericamente democratica e illuminista si allontana dal sentimento popolare. Ma a Napoli lo scollamento ha qualcosa di vertiginoso. Tutti i paesi europei hanno avuto una *populace* e dei lazzaroni, ma è un fatto che la nostra plebe è la più plebea di tutte. Ecco, io credo che i tanti fallimenti napoletani siano riconducibili a questo distacco incolmabile.»

«Che non si è risolto nemmeno con il governo della sinistra.»

«Quando a sedici-diciassette anni mi iscrissi al Pci e presi a frequentare la Federazione di Napoli del partito, diretta da Salvatore Cacciapuoti, che era un simpatico stalinista trinariciuto, capii che persino lui, un giovane operaio antifascista che era un uomo dal forte sentimento popolare, era terrorizzato all'idea che un comune sentire plebeo potesse inquinare la cultura ideologica dei giovani militanti del partito. E questo anche se ci si sforzava di esaltare il rapporto tra intellettuali borghesi e classe operaia, che peraltro a Napoli non era poi così cospicua. Forse la mia analisi sarà superficiale, ma credo che questo sentimento di reciproca estraneità fra la cultura del vicolo e quella dell'impegno sia qualcosa che ha danneggiato gli uni e gli altri, votando la città a una serie di scacchi disastrosi.»

«Mi hai però detto che vi sforzavate di comprendere, di stare dalla parte degli umili...»

«Se penso alle figure più rette che nell'immediato dopoguerra furono espresse dall'intellettualità borghese, e che confluirono nei quadri comunisti,

Renzo Lapiccerella, Rosario Villari, Gerardo Chiaromonte, Enzo Striano, e poi Fausto De Luca, e Nino Sansone, e Gerardo Marotta o Guido Piegari; e se penso inoltre ai nostri nemici-amici del côté liberale – per esempio a Francesco Compagna, a Vittorio de Caprariis, a Nello Ajello e a suo fratello Raffaele – mi viene da dire che verso il mondo plebeo avevamo tutti, anche quelli fra noi che avevano con esso un contatto più diretto, come un penoso miscuglio di tenera simpatia, vago orrore e severo disprezzo: un impasto di sentimenti contraddittori che poi, quando esattamente cinquant'anni fa venni espulso dal Pci per indegnità morale e mi trasferii a Roma, mi sembrò del tutto sconosciuto agli intellettuali romani. I loro rapporti con la plebe non erano così contradditori e problematici...»

«In quali occasioni vedevi materialmente l'estraneità di cui parli?»

«Mah. Una delle esperienze per me più penose era, per esempio, quando si andava la domenica a fare opera di proselitismo, a rinnovare il tesseramento in certe zone popolari della città, magari nei vicoli e nei bassi dei Quartieri Spagnoli. Lì c'era gente che non rinnovava la tessera da tempo immemorabile, e stabilire un contatto umano credibile con quei disgraziati era estremamente difficile. Si doveva tentare di sfondare un muro invisibile di diffidenza.»

«E questo muro è rimasto dov'era, nessuno ha cercato di abbatterlo in seguito?»

«Te l'ho detto, manco da Napoli da mezzo secolo, anche se ci torno piuttosto regolarmente. Ma ho la sensazione che negli anni ci sia stato come un processo di ritirata, di prosciugamento di tutte le culture alternative a quella di sinistra. Quando io lasciavo Napoli, c'era ancora una classe dirigente monarchico-laurina certamente di basso profilo culturale, ma che innegabilmente sapeva intercettare certe attese popolari. Oggi il ceto politico è indifferenziato: destra, sinistra, parlano tutti lo stesso linguaggio, un gergo politicamente corretto che agli strati più infelici della nostra disgraziatissima plebe, nell'era del dominio del potere camorristico, sembrerà semplicemente incomprensibile.»

«Questo per la politica. Ma non basta la politica a decidere il tono di una città.»

«È vero. Ma anche dal mondo, diciamo così, della cultura e dell'arte provengono segnali che rimandano, direttamente o indirettamente, al baratro al quale ho accennato. Un esempio: recentemente mi è capitato di leggere in un'intervista che Pino Daniele rimpiange i bei tempi in cui, ancora una decina di anni fa, gli artisti come lui potevano considerarsi "operatori culturali" ed erano riconosciuti come tali. Ma come: gli piaceva una qualifica di gusto prettamente burocratico? Qualsiasi cantante della mia epoca, da Mario Abbate a Robertino Murolo, sarebbe inorridito davanti a una definizione del genere. Ma tant'è: ormai quasi in ogni campo avanza quella mezza-cultura che, sognando che i cantanti vengano ascritti alla categoria degli "operatori culturali" sfoggia lo stesso finissimo impegno con cui esige che i ciechi siano chiamati "non vedenti", i minorati "diversamente abili" e gli spazzini "operatori ecologici". Il fenomeno del resto è universale. Si vedano, sull'argomento, i saggi di Marc Fumaroli sui fasti dello stato culturale o quelli di Robert Conquest sul processo di burocratizzazione della cultura e dell'arte in Gran Bretagna. A Napoli però fa più impressione, forse perché più vistoso è lo scarto tra il processo di modernizzazione e i superstiti modelli dell'antica cultura popolare. E poi, in Francia e in Inghilterra questa cosa va avanti da almeno due secoli. A Napoli tutto si è consumato negli ultimi cinquant'anni.»

«Ma che cosa ricordi tu di una autentica cultura popolare napoletana?»

«Ricordo per esempio che nei tardi anni Cinquanta, alla Villa Comunale, Vittorio Viviani, il figlio di Raffaele, organizzò con grande successo una lunga serie di spettacoli popolari riesumando vecchi canovacci pulcinelleschi e offrendoli al talento del grande Ugo D'Alessio. E poi, un po' più avanti nel tempo, ci fu quella che forse è stata l'ultima grande manifestazione di una cultura napoletana fortemente intrisa di succhi popolari e preborghesi, voglio dire gli spettacoli e i concerti della Nuova Compagnia di Canto Popolare. Forse non fu un exploit tanto spontaneo. Forse sull'impresa gravava un eccesso di ambizioni filologiche. Ma i risultati, a mio sommesso parere, furono memorabili. E la prima *Gatta Cenerentola*, quella con Peppe Barra e sua madre, fu un evento teatrale di leggendario fascino e potenza. Dopo – nello spettacolo e nella canzone – si è avuto il quasi completo trionfo dei modelli della cultura di massa, che non è cultura popolare.»

«Che cosa c'era in quella cultura che manca in questa?»

«Credo che in quel poco o molto che restava della forma mentis preborghese c'era qualcosa di più consonante con ciò che ho chiamato, appunto, il sentimento creaturale della vita. Anche negli anni del primo dopoguerra sulla nostra plebe potevano posare uno sguardo pieno di questo sentimento sia uno scrittore "colto" come il giovane Domenico Rea, che un poeta "popolare" come il "paroliere" Edoardo Nicolardi, l'autore di quella toccante espressione del nostro spirito creaturale (e per ciò stesso naturalmente antirazzista) che sono i versi di *Tammurriata nera*. Oggi certo siamo pieni di intellettuali che producono a getto continuo dotti discorsi su ogni fenomeno, problema o aspetto della nostra realtà politica, sociale e culturale, ma mi sembra che il fiuto per riuscire a cogliere le superstiti vibrazioni di quel sentimento creaturale non ce l'abbia più nessuno. E la loro lingua è accademico-burocratica. C'è mai stata, in qualcuno dei comitati scientifici di cui in questi anni si è circondato Bassolino, una persona che abbia avvertito l'importanza di questo tema? Mi sembra di no.»

«Secondo me quel sentimento tu lo mitizzi un po'. Rischi di usarlo come giustificazione dei comportamenti più vari, compresi quelli illegali.»

«Non li giustifico, ma almeno cerco di vedere il rapporto che c'è tra questi due volti della realtà.

Sai chi era uno scrittore che a suo modo aveva il sentimento di cui stiamo parlando? Francesco Mastriani. Nei *Misteri di Napoli*, gli aspetti più feroci della società criminale li descrive con una forza tale che quando lessi quel libro (lo trovai durante la guerra nella libreria dei miei nonni a Cerreto Sannita) ne fui sconvolto. Non dimenticherò mai il brivido di orrore che mi procurò la descrizione del guappo Sciasciariello, mostruoso esemplare di infame canaglia, un gobbetto sifilitico e sdentato, temuto e rispettato per le pugnalate proditorie con cui soleva assassinare i rivali, e tuttavia famoso sciupafemmine, teneramente amato dalle sue molte donne... ecco: un tratto distintivo dell'antico sentire plebeo era appunto questa arcana contiguità tra gli aspetti più selvaggi della vita e quelli più delicati e appassionati. Forse anche la vecchia sceneggiata riusciva a tenerli insieme. Indimenticabile resta, per me, la patetica strofetta che un figlio scapestrato, in una celebre sceneggiata di cui purtroppo non ricordo il titolo, recita al capezzale della vecchia madre moribonda:

> Stasera stessa, vicchiarella mia,
> 'stu figlio malamente 'o ssai che ffà?
> Lassa 'a cantina e 'a mala cumpagnia
> e torna onestamente a faticà.

C'è questa continua oscillazione fra tenerezza, affetti familiari, e crudeltà. Anche in *Tuleto 'e notte* di Viviani si apre a un tratto questo scenario di compresenza di tenerezza e orrore. Succede quando Totonno 'e Quagliarella chiude bottega e pianta tutto. E dice:

Tenevo 'na lanterna e s'è stutata;
mo' chiudo 'o magazzino e buonsuaré.
E me ne vaco 'a casa add' 'a cecata
ca n'uocchio tene, e 'a miso 'ncuollo a mme.

Vedi come parla di questa poveracrista della sua amante cieca? È un mistero: le vuole bene, la disprezza, la sfrutta? È soavemente atroce.»

«Tu dici: tenerezza e orrore. Certo che da ultimo quello che si vede di più è l'orrore.»

«Si capisce. Oggi il lato feroce si è sviluppato in maniera ipertrofica. Anche e forse soprattutto a causa dello smisurato potere dei mezzi dei quali la criminalità dispone. Tutto insomma accade come se la cultura degli umili si fosse per così dire "modernizzata" prevalentemente nel registro criminale. Il che rende quasi ridicola qualsiasi pretesa di accostarsi a quell'orribile impasto di infamia e innocenza che è l'esistenza quotidiana della nostra plebe con un po' di *pietas*. Che può mai saperne di quell'esistenza una cultura che in fondo è solo una ribollita di apprezzabilissimi avanzi ideologici?»

«Due Napoli, come sempre.»

«Ma che cosa pensi possa dire a questi brandelli di ormai spregiatissima plebe napoletana il teatro di Martone o di Servillo? Già alla Napoli plebea fotteva poco anche di Eduardo, che piaceva soprattutto ai ricchi commercianti di via Chiaia o via Toledo... Certe cose possono interessare soltanto a un gruppo ristrettissimo di persone. Agli altri no. Anche se mi tocca riconoscere che non gliene importava un fico secco nemmeno dell'opera di Domenico Rea.»

«Intanto però, questi altri che restano lì, chiusi in una specie di vicolo cieco della storia, sono gli stessi che in qualche modo veicolano nel mondo l'immagine di Napoli e dei suoi problemi.»

«Questo non mi stupisce. La ricezione del napoletano all'estero è uguale a quella del passato: una città passionale, criminale, sentimentale. Un quadro immobile. E guarda che le stesse fesserie che ti sto dicendo io, le aveva già annotate Giacomo Leopardi nello *Zibaldone*. Aspetta, ce l'ho qui. Sono poche righe scritte il 18 settembre 1822 dopo una conversazione con l'avvocato Giuseppe Poerio. Dicono:

> Parlando con un famoso ed eloquente avvocato napoletano, il Baron Poerio, che ha avuto a trattare un gran numero di cause criminali nella capitale e nella provincia del regno di Napoli, ho dovuto ammirare in quel popolo semibarbaro o semicivile piuttosto, una quantità di delitti atroci che vincono l'immaginazione, una quantità di azioni eroiche di virtù (spesso occasionate da quei medesimi delitti) che esaltano l'anima la più fredda (come la mia). Certo niente o ben poco di simile nelle parti men barbare dell'Italia, e nel resto d'Europa, né per l'una né per l'altra parte.

Che te ne pare?»

Cinque

Venerdì 25 gennaio 2008, il cardinale arcivescovo, monsignor Crescenzio Sepe, ha guidato nella cattedrale di Napoli una veglia di preghiera indetta per invocare l'aiuto divino sulla città, "sprofondata in una delle notti più buie della sua storia". «Nessuno» ha detto il cardinale «può chiamarsi fuori dallo scempio di una città mai così umiliata e mai così in pericolo.» Nessuno. Eppure qualcuno, quella sera, si è chiamato fuori. E non un qualcuno qualsiasi, ma niente meno che san Gennaro, il patrono della città. Invocato per compiere un miracolo fuori programma, lontano dai suoi giorni canonici che sono il sabato precedente la prima domenica di maggio, il 19 settembre e il 16 dicembre, non ha sciolto il sangue contenuto nella sacra ampolla. Il cardinale l'ha levata al cielo più volte, mostrandola ai fedeli, ma niente prodigio. Il cardinale non ha dato troppo peso alla cosa, e ha attaccato la sua omelia, piuttosto muscolare come spesso gli accade di farle in questi ultimi tempi, concentrandosi sulle responsabilità umane nella crisi dei rifiuti.

Monsignor Sepe non ha mostrato imbarazzo, ma il folto popolo degli aruspici cittadini non si è accontentato della frettolosa archiviazione del mancato evento nella rubrica "non è il caso di trarne presagi infausti" giacché non si era, per l'appunto, in uno dei tre giorni canonici del miracolo. Mentre la canea degli scettici, dei libertini e dei materialisti, il giorno dopo, gridava all'idolatria, anche i più devoti tra i fedeli non potevano ignorare il fatto che sì, il giorno non era quello giusto, ma se il miracolo san Gennaro l'avesse fatto nonostante il calendario proibitivo, certamente chi di dovere, e forse anche gli stessi che oggi si mostravano tutt'altro che allarmati, non avrebbe mancato di valutare positivamente l'accaduto. E dunque che storia è: se il miracolo non avviene, non è un cattivo presagio, ma se avviene, il presagio è buono?

Poche ciance, dunque: a rigore, il presagio è sicuramente cattivo, e lo dimostra il fatto che, apparentemente usciti dall'emergenza in aprile, a maggio vi siamo ripiombati con più fragore di prima. Non importa che il sangue non si fosse sciolto nemmeno il 21 ottobre 2007, allorché a Napoli era venuto in visita papa Benedetto XVI: in quella occasione san Gennaro non era stato richiesto, come invece è avvenuto in questa, di un intervento prodigioso. Il patrono è così: fuori dai giorni prestabiliti, tiene un atteggiamento apparentemente inspiegabile, forse addirittura capriccioso. Tanto per dire: al cospetto del papa, niente. Ma pochi mesi prima, il 17 giugno, alla presenza dell'arcivescovo di Cipro Crisostomo II, il miracolo c'era stato, e anche lì senza che nessuno l'avesse sollecitato. I napoletani, che di miracoli se ne intendono, sanno bene del resto che san Gennaro, se vuole, fa il miracolo tutte le volte che lo si invoca. Fu così nel 1944, quando l'ultima lava del Vesuvio si divise in due canali risparmiando la chiesa della cittadina di San Sebastiano. Fu così soprattutto nel 1631, quando il santo fermò una delle più catastrofiche eruzioni nell'intera storia del vulcano. Ma anche questo è noto: che mettere in riga il Vesuvio è un po' la sua specialità.

È del resto evidentissima la reciprocità tra l'eruzione del vulcano e il ribollire del sangue del santo martire al compimento del miracolo. Quasi come in uno scambio tra vasi comunicanti, "*nihil igitur effervescenti Vesuvio tam infestum, quam ebulliens hic sanguis*", nulla è cioè tanto esiziale al Vesuvio erompente quanto questo sangue che ribolle, come scrive il padre Giovanni Battista Mascoli nel trattato *De incendio Vesuvii* (1633). "*Liquescit cruor, ne liquefacta saxa voluantur. Solvitur Ianuarii sanguis, ne metu cagatur noster. Concrescit hic in spumam, ut illius decrescat furor. Fervet hic, ut defervescat ille. Movetur, ac fluctuat, ut fluctuare motu desinat terra*": si liquefa il sangue affinché cessino di volare i liquefatti sassi vulcanici; si scioglie il sangue di Gennaro, affinché per il timore non si coaguli il nostro; lì, una crescita spumeggiante, affinché qui si plachi il furore; si muove quello, e fluttua, affinché cessi la terra di esser preda di un movimento impazzito. Le nature terrena e divina si incontrano nel misterioso rapporto vitale della diade fuoco-sangue. Finalmente, *"colliquescere una coeperunt, et Civitas lacrymis, et Ianuarius sanguine"*, si sciolsero insieme Gennaro nel sangue e la città nelle lacrime, l'*hic* e l'*ille* duellanti e alleati, uniti in un comune destino.

Poi però ci sono gli anni in cui san Gennaro il miracolo non lo fa nemmeno nei giorni dovuti, e allora i guai sono garantiti: nel 1656, niente miracolo, e arriva la peste; nel 1980 niente miracolo, e viene il terremoto. Aggiungiamoci il 16 dicembre 2006: niente miracolo, e sul finire della primavera successiva Napoli e la Campania vengono sommerse una prima volta dall'immondizia.

La verità è che san Gennaro, del cui miracolo si ha notizia certa fin dal 1389, ha sul suo popolo uno sguardo che pare quello del dio degli ebrei: ineffabilmente incomprensibile. E, per dire, non è che in occasione di tutte le altre molte disgrazie di Napoli non abbia fatto il miracolo. Di solito, anzi, lo faceva, anche quando bisognava pregarlo a lungo, e quando le famose sue "parenti", oggi tenute il più possibile in disparte dalla gerarchia ecclesiastica e anzi, per la disdetta degli antropologi, quasi scomparse, si vedevano costrette a sottoporlo a pressioni inaudite, fino a farlo bersaglio di pesanti insulti il più noto dei quali – "faccia 'ngialluta" – è anche uno dei più innocenti.

Il cardinale sterza i politici e gli amministratori della città, ma il distacco di san Gennaro da questo genere di cure terrene, e la sua neutralità rispetto a questa sfera dell'attività umana hanno qualcosa di veramente olimpico. Del resto, il patrono ha fatto il miracolo anche nel 1799 e l'ha fatto al cospetto di quel generale Championnet, comandante delle truppe francesi, che a Napoli era venuto per imporvi l'ultima e più formidabile eresia anticattolica, cioè il giacobinismo. L'ha fatto davanti ai granatieri repubblicani con le baionette inastate e ai lazzaroni che a loro volta, minacciosi, accarezzavano i coltelli. L'ha fatto malgrado una congregazione di orribili megere lo minacciasse delle più terribili maledizioni. L'ha fatto, secondo il mirabile racconto di Dumas nel *Corricolo*, dopo che cinquecento luigi d'oro furono promessi all'onorevole Capitolo di San Gennaro come premio per la puntualità e alternativa alla fucilazione dei canonici. La rivoluzione avrebbe dovuto trarne lusinghieri auspici, e invece sappiamo come andò a finire neanche un anno dopo: a meno che non si voglia scorgere nel comportamento di san Gennaro in quella occasione il segno di una perfida ironia, e la buona ventura decretata dunque non per i rivoluzionari, bensì per i sanculotti della Santafede che li avrebbero travolti.

Il fatto è che strologare intorno al miracolo di san Gennaro è un po' come farlo intorno alle arcane cabale del gioco del lotto. Tu credi di aver interpretato correttamente un sogno, di avergli assegnato i numeri giusti. Ma quelli, poi, non escono, ed escono invece – e questo accade sempre – altri numeri che, mannaggia, ci avessi pensato meglio, avresti dovuto indovinare. Ne sa qualcosa Giorgina, la mia ineffabile Sibilla di Afragola.

Giorgina ha avuto un rapporto complicato con suo padre. Quando aveva soltanto sette anni, lui se ne andò di casa per mettersi con un'altra donna, e in famiglia ne nacque un sordo rancore mai più risolto. Poi il padre morì, e fu l'unica occasione in cui le figlie varcassero la soglia della nuova casa in cui era andato a vivere e affrontassero la compagna che tanto dolore aveva provocato alla madre. Molti anni dopo, un giorno che rimuginava sui pressanti problemi economici che si erano presentati alla famiglia che nel frattempo s'era fatta, Giorgina si ritrovò chiusa nella sua stanza, distesa su un letto a fissare il soffitto persa nei suoi pensieri. Le accadde allora di notare, come fosse la prima volta, la foto del padre, sistemata sul comodino lì a fianco, e di incominciare così, quasi senza rendersene conto, a parlargli, e a dirgli, in tono quasi di rimprovero, che in quel frangente le sarebbe tornato assai utile un suo aiuto, quell'aiuto che per tanto tempo non le aveva dato. A un certo punto i confini di quel raccolto dialogo si dilatarono. Subentrò il sonno e, nel sonno, il sogno. Giorgina rivide nei dettagli il film del giorno in cui suo padre era morto.

Rivide la madre che veniva a cercarla, che da sotto il palazzo le diceva: "Scendi che devo parlarti", e lei che rispondeva: "Ma che è?". Pensò che si trattasse di qualcosa che riguardava i suoi figli, ma poi si disse che non poteva essere, dal momento che erano tutti a casa. E alla fine scese, e apprese la notizia. E allora andò a casa della sorella maggiore, e la trovò in lacrime. E poi arrivarono le altre sorelle, e in quattro quante erano decisero che per una volta potevano, anzi dovevano andare in visita da quell'altra donna: subito, così come si trovavano, senza nemmeno cambiarsi d'abito. E in effetti andarono, e la casa era piena di gente venuta per le condoglianze, per quella cosa che si fa a ogni latitudine e che a Napoli si chiama *conzuolo*, a ribadire il senso di solidarietà comunitaria che sempre è dovuta a chi abbia subito un lutto. Questo, Giorgina lo sognò, ed era esattamente come l'aveva vissuto nella realtà. Ma poi, una volta entrata nella casa della compagna del padre, il sogno prese una via autonoma, e si mise a raccontare qualche altra cosa.

Giorgina dunque entrò al pianterreno di quella casa. Sapeva che il vecchio padre da qualche tempo dormiva lì, perché non aveva più la forza di salire le scale. Girò per la casa e finalmente lo vide: era disteso su un lettino a una piazza, immobile nel rigore della morte ma come costretto all'incomodo di quella sistemazione un po' di fortuna. Allora gli si rivolse, e gli disse: "Povero papà, come vi siete ridotto. Quando stavate a casa, dormivate nel bel letto matrimoniale con mamma, tra lenzuola candide e ricamate".

Fu allora che suo padre aprì gli occhi. Si tirò su, fino a sedersi sul letto. E disse: "Ma come ti sei conciata? Che fai con questa gonna così corta che si vedono le gambe? Non lo capisci che se poco poco ti abbassi ti vedono pure il culo?".

"Ma vi pare il momento, papà? Vi pare il momento di pensare a queste cose?"

E allora il padre, per tutta risposta, si rivestì di una ritrovata dignità paterna. Con gesto agile e improvviso, si erse sul letto e si arrampicò in cima all'enorme specchiera che stava lì da presso, e le apparve come un gigante che diventava sempre più grande e imponente e le faceva segno di avvicinarsi.

"Papà, datemi la mano, fatemi sentire la vostra mano." E lui gliela tese, e lei la strinse, forte e calda e di nuovo rassicurante com'era, dopo tanti anni di separazione. "Papà, in famiglia abbiamo qualche problema, abbiamo bisogno di aiuto." E lui per un solo momento ritirò la mano, la infilò nella tasca posteriore dei pantaloni, ne estrasse il portafogli, le porse un biglietto da diecimila lire e disse: "Tieni, e ricorda che posso aiutarti questa volta e mai più".

La mattina dopo, Giorgina si risvegliò ricordando ogni singolo particolare del sogno e moriva dalla voglia di raccontarlo, pur sapendo che i sogni non si devono mai raccontare prima di mezzogiorno, perché altrimenti si rischia che i presagi cui alludono, se sono nefasti, si avverino. Mordendosi la lingua, dunque, tacque, in attesa che si facesse l'ora per parlare. E poco prima di mezzogiorno bussò alla porta di sua madre.

«Ti devo raccontare quello che ho sognato stanotte» le disse. E la madre dette un'occhiata all'orologio, vide che mancavano cinque minuti a mezzogiorno e replicò: «Aspetta, prendiamoci prima un caffè e poi parliamo».

Così fecero, e Giorgina le raccontò tutto per filo e per segno.

La madre non mostrò il minimo dubbio. «Tuo padre ha voluto darti un aiuto concreto. Te l'ha detto in maniera molto chiara. E tu adesso devi andare a giocarti i numeri del sogno che hai fatto.» I quali numeri erano: 52 (padre e figlia), 5 (il letto), 72 (la meraviglia), e 48 (morto che parla).

In preda a una comprensibile agitazione, Giorgina tornò a casa, andò a controllare nel borsellino e vide che c'erano soltanto cinquemila lire. Pazienza, disse, mi giocherò queste. Andò al banco lotto e fece la sua puntata su tutte le ruote.

Più tardi, di ritorno dal lavoro, arrivò la sua figlia maggiore, e anche a lei raccontò di nuovo la storia. La ragazza che, nonostante la giovanissima età, era già molto esperta di cose di numeri, ci pensò un poco sopra e la ammonì: «I numeri non sono quelli giusti. E poi dovevi giocarti la cinquina sulla ruota di Napoli. Vanno bene 72 e 52, va bene anche 5, che però in questo caso significa la mano e non il letto. In più dovevi aggiungere 16 (il culo) e 11 (le gambe). Mamma, senti a me: lascia perdere l'altra giocata, vai al banco lotto e giocati questi cinque numeri».

«Figuriamoci, e che mi gioco? Quei soldi avevo, e quei soldi mi sono giocata.»

A quel tempo, le estrazioni del lotto si facevano solo al sabato, dunque per tutta la settimana Giorgina non fece che attendere quel momento fatidico. Arrivato il sabato, si mise davanti al televisore in compagnia dell'immancabile caffè. E così, in un crescendo di stupefazione, i cinque numeri che la figlia le aveva suggerito uscirono uno dopo l'altro, proprio così, tutti e cinque in ordine di prodigiosa apparizione: 16, 11, 5, 52, 72. Sarebbe stata una vincita miliardaria: un aiuto definitivo che giustamente avrebbe potuto pretendere di essere l'ultimo, perché con esso si sarebbe esaurita la necessità di qualsiasi altro intervento.

Elaborata la delusione per quella mancata vincita, Giorgina ora considera lucidamente gli errori di interpretazione che furono compiuti in quella circostanza. Uno, imperdonabile, consisté nel giocare il 48. "Morto che parla", infatti, funziona solamente se il trapassato che ti viene in sogno è un estraneo. Se è un tuo parente, e per di più stretto come lo è un padre, non gli si può allegare una così generica, e fors'anche un tantino offensiva categorizzazione. L'altro errore fu quello di limitarsi, con l'unica eccezione di quel 5 (letto peraltro in modo sbagliato), a cogliere il disegno generale del sogno, la sua cornice simbolica complessiva, senza invece concentrarsi sui particolari, e specialmente sulle parole pronunciate da suo padre. Infine, un errore di strategia: l'aver giocato i numeri su tutte le ruote invece che puntarli su una sola. A causa di questo, ci fu sì una vincita, ma poco significativa, anzi microscopica rispetto a quella che si sarebbe potuto realizzare. A parte quest'ultima notazione, che è di carattere tecnico ed esterno, il resto del ragionamento prefigura una analisi clinica molto sofisticata, degna del dottor Freud, anche se di derivazione senz'altro più antica, più prossima alla Sardi di Artemidoro che alla Vienna della *finis Austriae*.

Un sogno ulteriore, fatto in seguito da Giorgina, chiude il cerchio in maniera inequivocabile. Lei è al cimitero, sulla tomba del padre. Dai cipressi piovono foglioline e rametti che ricoprono la tomba fino a nascondere le lettere del nome che vi è inciso sopra, e s'insinuano nelle commessure del marmo. Lei pulisce e dice: "Papà, come state combinato. Mo' mi fumo una sigaretta e poi finisco di sistemarvi a puntino". Così fa: e in due riprese una voce venuta da chissà dove, tanto da metterla in allarme, da farle girare la testa in cerca della persona che ha parlato, sembra dirle: "Ora sono tranquillo, ho fatto quello che dovevo. Ora sto bene". Da quella volta, Giorgina non ha mai più sognato suo padre.

Corre voce che, tra tutte le città del mondo, Napoli sia quella dotata del maggior numero di edifici di culto. Una vera *Civitas Dei*, e certamente anche per questo "un Paradiso", e sia pure "abitato da diavoli". Non ho modo di certificare la veridicità di questo supposto primato, che mi pare tuttavia credibile e soprattutto non mi stupisce quando lo metto in rapporto al numero dei santi che nel corso dei secoli sono stati affiancati a Gennaro nel ruolo di "compatroni", e cioè anch'essi protettori della città, e sia pure subalterni rispetto al vescovo che si vuole martirizzato da Diocleziano sul ceppo di Pozzuoli nell'anno 305. I compatroni hanno un breve momento di celebrità quando, alla vigilia della prima domenica di maggio, i loro busti vengono portati in processione insieme a quello di Gennaro, gli uni d'argento, l'altro d'oro. Se non posso dirmi sicuro del record napoletano per quanto riguarda il numero delle chiese, sono invece arciconvinto del fatto che nessun'altra città del pianeta Terra può vantare un corteggio di santi protettori altrettanto vasto. Oltre a Gennaro, ve ne sono infatti altri cinquantuno. Uno dei motivi per cui ho scritto questo libro, era togliermi lo sfizio di vedere quanto spazio avrebbe occupato il loro semplice elenco. Eccolo dunque, in ordine rigorosamente alfabetico:

Sant'Agnello Abate
Sant'Agostino vescovo e dottore della Chiesa
Sant'Agrippino vescovo di Napoli
Sant'Alfonso Maria de' Liguori
Sant'Andrea Avellino
Sant'Anna madre di Maria Vergine
Sant'Antonio Abate
Sant'Antonio di Padova
Sant'Aspreno primo vescovo di Napoli
Sant'Atanasio vescovo di Napoli
San Biagio vescovo e martire
Santa Candida Iuniore
Santa Chiara d'Assisi
San Domenico di Guzmán
Sant'Emidio vescovo e martire
Sant'Eufebio vescovo di Napoli
San Filippo Neri
San Francesco d'Assisi
San Francesco Borgia
San Francesco Caracciolo
San Francesco di Geronimo
San Francesco di Paola

San Francesco Saverio
San Gaetano di Thiene
Santa Geltrude
San Giacomo della Marca
San Gioacchino padre di Maria Vergine
San Giovanni Battista
San Giovan Giuseppe della Croce
San Giuseppe sposo di Maria Vergine
San Gregorio Armeno vescovo e martire
Sant'Ignazio di Loyola
Santa Irene vergine e martire
Santa Lucia vergine e martire
San Luigi Gonzaga
Santa Maria Egiziaca
Santa Maria Francesca delle Cinque Piaghe
Santa Maria Maddalena
Santa Maria Maddalena de' Pazzi
San Michele Arcangelo
San Nicola di Bari
San Pasquale Baylon
Santa Patrizia Vergine
San Pietro da Verona
San Raffaele Arcangelo
Santa Rita da Cascia
San Rocco
San Severo vescovo di Napoli
Santa Teresa d'Avila
San Tommaso d'Aquino
San Vincenzo Ferrer.

Come si vede, è un comitato in cui, accanto a nomi poco noti, figurano personalità di assoluto prestigio mondiale. Ma è pur sempre un organico, come dire? un po' gonfiato. Qui, esattamente come accade per certe cose della politica, dove ogni partito e anzi ogni gruppo di potere all'interno dei vari partiti si preoccupa di piazzare i propri nomi, è evidente che molti santi sono stati cooptati allo scopo di garantire visibilità ai vari ordini religiosi, alle congregazioni o alla curia di Napoli, e insomma alle più disparate centrali del potere ecclesiastico. La più straordinaria informata di compatroni (ben trenta) la si ebbe nel corso del secolo XVII, con un picco nel 1673, allorché furono elevati a questa dignità Agrippino, Aspreno, Atanasio, Eufebio e Severo, cioè uno scelto drappello di vescovi napoletani dei primissimi secoli.

Il problema, con rispetto parlando, è che malgrado questa pletora di protettori, alcuni dei quali specialissimamente versati in alcuni rami di vitale importanza – per esempio sant'Emidio che scansa i terremoti, o san Rocco che difende dalle pestilenze – il catalogo delle sfighe partenopee si è mantenuto nel tempo comunque assai robusto. Il che, se da un lato può radicarci nell'idea che a fronte di così numerose disgrazie sia opportuno dotarsi di una task force molto agguerrita, dall'altro insinua il sospetto che troppe teste possano finire per rendere di fatto ingovernabile il destino della città. Sospetto suffragato per l'appunto dall'osservazione dei casi della politica e dell'amministrazione, coi loro carichi di consulenti, manager, lavoratori socialmente utili, una folla, un esercito di soggetti della cui produttività è sempre stato il caso di dubitare, giacché il più delle volte la loro presenza non è stata finalizzata a un obiettivo di qualità totale, ma soltanto a una feroce lottizzazione o a forme particolarmente spregiudicate di assistenzialismo.

Ora io non saprei dire se questa abbondanza di compatroni si possa considerare la prefigurazione, o addirittura il modello del malcostume politico. Però di sicuro non posso fare a meno di pensare che questa così pervasiva presenza dell'elemento religioso e clericale, in una città che alla metà del Settecento contava una popolazione di quindicimila persone in abito talare, distribuita in qualcosa come trecentocinquanta chiese e un paio di centinaia di conventi, abbia finito per incidere profondamente, oltre che sul volto della città, anche, e forse di più, sul suo spirito. Sono anzi convinto che, nel bene come nel male, la Napoli con cui dobbiamo fare i conti sia stata forgiata in una forgia cattolica, apostolica, romana. E insomma: macché francesi, macché spagnoli, macché Angioini o Borboni: il carattere dei napoletani l'hanno fatto i preti.

Don Gennaro Matino, teologo e scrittore, parroco della Santissima Trinità e voce tra le più ascoltate in città anche in virtù dei tanti progetti di solidarietà che ha saputo costruire e ai quali partecipa attivamente il ceto medio-alto, mi conferma che sì, Napoli è la città con più chiese e con più patroni. Quanto al carattere dei napoletani, sembra invece rovesciare la mia idea: in effetti è lui, il carattere dei napoletani, ad aver fatto quello dei preti.

«Quando ci sono molte disgrazie» spiega don Gennaro «servono molti appoggi.»

«Ma non sarà un'esagerazione?»

«A Napoli la pietà è radicata nel cuore. La città e la sua gente sono fecondamente religiose perché non possono che fare della speranza il proprio vocabolario e la propria tensione. L'animo di Napoli è una esperienza straordinaria di ascolto del Cielo.»

«Sarà, ma poi i comportamenti non sono propriamente celesti.»

«Capisco che di questi tempi sia difficile leggere nell'animo dei napoletani, che poi sono quegli stessi "diavoli" di cui si diceva un tempo che abitassero il paradiso. Ma io ritengo che l'ultimo appello di questa città sia alla sua religiosità. Alla pietà napoletana. Chi la frequenta di passaggio può giudicarla esagerata, spropositata. Ma se vai a vedere da vicino queste chiese, ti accorgerai che quasi tutte sono state erette ex voto, cioè per una grazia ottenuta. Dietro a ogni chiesa, quindi, c'è una preghiera per via di una mancanza. Ci fossero stati più ospedali, più fabbriche, più luoghi di aggregazione, forse avremmo avuto meno chiese. La chiesa è l'ultimo appello di chi non ha niente. Napoli è la città con più chiese al mondo perché è una città che è sempre riuscita a lanciare un ponte verso l'eterno per avere risposte che il tempo non sa dare. Non è una fuga: è la consapevolezza di potersi fidare di Dio cercando la sua protezione.»

«Si può scorgervi un elemento di superstizione.»

«E c'è anche quello, però mischiato alla pietà. Riflette l'animo religioso perché lo descrive come sempre in attesa di una risposta dall'alto. Una predisposizione al trascendente, al misterioso, al formidabile. Il popolo di Napoli non è credulone: è affascinato dal mistero, che diventa anche una struttura della mente e del cuore.»

«Come ha fatto la religione a modellare l'identità della città?»

«Se entri nel duomo, alla tua destra trovi il battistero barocco. La parte superiore in marmo è costruita sulla vasca di un teatro greco, quasi a voler ribadire che Napoli è una città che supera sì il passato, ma poi se lo porta dietro. È così nella Napoli concreta, di cui puoi riconoscere le varie stratificazioni partendo dalle sue viscere, ed è così anche per la realtà culturale e sociale. Napoli non riesce a superare il bene e il male del passato, ma si porta dietro tutto: lo conserva. Il cristianesimo a Napoli ha una fecondità perché quello che qui è esaltato è la speranza di ritrovarsi dopo la morte. Da sempre esiste qui il culto dei morti. Non è un caso che qui c'erano la Sibilla Cumana, i miti dell'Averno e delle porte dell'oltretomba. Questo è un luogo dove da un lato hai le tentazioni delle Sirene – la stessa città è una Sirena: Partenope – e dall'altro il desiderio di oltrepassare la morte. È singolare questa passione del conservare le ossa, di ricercare reliquie, di desiderare un dialogo con i morti. Non come fine, ma come nuova possibilità. Pensa a figure come la *bella 'mbriana* o come il *munaciello,* figure che appartengono a un oltre, morti che proteggono la casa. Come nel paganesimo, sì. Un popolo che onora la morte vuol dire che dice anche la verità sulla vita. Non esclude la provvisorietà, ma non ne ha paura. In fondo anche il *carpe diem* è di questa filosofia: io, che parlo con la morte, do dignità alla vita.»

«Ma allora di suo il cristianesimo non ha aggiunto nulla?»

«Il cristianesimo ha annunciato la risurrezione e dato una risposta, una visione positiva anche nei confronti delle voci che provenivano dalla morte. Chi oggi guarda il napoletano lo vede come un illuso. Ma è qui che il pensiero vale più del cibo e riesce a riempire lo stomaco anche quando il cibo non c'è. Il cristianesimo non è una conseguenza logica dell'antico. Dà continuità al passato, lo veste, ma è una rottura: non è più la morte che resta tale.»

«Anche i camorristi si mostrano assai spesso molto pii, molto religiosi. Hanno case piene di immagini sacre.»

«Una cosa è il creduto, un'altra la fede. È alto il numero di quelli che si reputano credenti ma vivono una fede diversa da quella annunciata dal cristianesimo, benché sembri rivestita di una tradizione cristiana. Di qui nascono cose assurde, come il fatto che i camorristi ritengano di dover andare a pregare in certi santuari specifici. Del resto, ci sono paesi dove si ritiene che sì, d'accordo, Gesù è importante, ma il santo patrono lo è ancora di più.»

«Torniamo alle forme della devozione. Spesso sono così spinte da risultare incomprensibili ai non napoletani.»

«Se vai in un quartiere popolare, vedrai che la gente, a un funerale, piange il morto in maniera esagerata, quasi teatrale. Qui in via Tasso è diverso: nessuno strepito, spesso la cremazione, e il funerale quasi non si vede. Tra il popolo, il dolore e la gioia fanno rumore. Prova a stare a tavola col popolo in un giorno di festa: troveresti nel bisogno di imbandire così tante cose una sproporzione rispetto a quello che manca nel quotidiano. Ma è fuorviante leggere questo fenomeno antropologico attraverso un pregiudizio borghese. Ora trasporta tutto sul piano religioso. Troverai il penitente della Madonna dell'Arco, e nel suo comportamento non dovrai scorgere il fatto religioso, bensì il suo linguaggio. Si tratta di qualcosa di trasversale. Lo vedi per esempio anche nel modo in cui si gioca a tombola, o in cui si litiga.»

«Per voi è imbarazzante?»

«La Chiesa avrebbe la puzza sotto il naso se decidesse di ridurre a meri fanatici i "battenti" e gli altri penitenti della Madonna dell'Arco. Non esistono forse riti africani in cui si salta e si balla? Non ci sono forme etniche di preghiera? Io vado spesso in India e ho imparato a rispettare i loro rituali, anche se poi non prego nello stesso modo. Ora, dobbiamo deciderci: o la pietà popolare è una preghiera di serie B; oppure è quella cosa che Agostino chiamava *sensus fidei*, una pietà nascosta che devo rispettare, qualcosa che mi fa capire come lo studio, da solo, non basta ad acquisire le verità di fede, e che forse a questo scopo serve più ancora per l'appunto il *sensus fidei*, quasi l'"istinto" della fede. Io debbo educare il popolo, ma non seviziarlo. Gesù che entra in Gerusalemme non impedisce certo che lo festeggino. Il mio compito non è limitare quei gesti, ma dare a quei gesti un significato.»

«Difficile.»

«Il Concilio Vaticano II raccomandò che il Vangelo non fosse trasmesso scegliendo la via di un'assimilazione uniforme, ma che fosse piuttosto "inculturato". Che insomma l'unica fede in Gesù fosse vissuta in tradizioni diverse. E ti confesso che a volte vorrei avere il coraggio di professare quel che credo gridandolo con la stessa forza con cui sento gridarlo dal popolo. Non sarà certo la purezza dei ragionamenti alti, ma del resto è proprio vero che se non si diventa fanciulli non si entra nel Regno dei Cieli.»

«È molto suggestivo e affascinante, però a volte mi sembra che tutto questo *sensus fidei*, tutta questa fanciullesca adesione alle verità di fede appartenga alla Napoli del passato molto più che a quella del presente.»

«È così. E secondo me c'è anche un momento preciso in cui una tradizione si è rotta, e un mutamento antropologico ha preso a ripercuotersi sulla città.»

«Quando è stato?»

«Nel 1943. Quando sono arrivati gli americani. Neppure Garibaldi aveva provocato niente di simile a quella vera svendita della città. Intendiamoci: gli americani l'hanno salvata dai tedeschi, dalla guerra, dalla fame. Ma a Napoli fino ad allora il confine tra il lecito e l'illecito era magari labile ma chiaro: da una parte c'era il mariuolo, dall'altra l'onesto, e ognuno poteva capire chi era l'uno e chi l'altro. C'era un principio. Poi successe qualcosa che sembra il miracolo della moltiplicazione dei pani e dei pesci, e con tutta quell'abbondanza portata dagli americani essere un mariuolo diventò un vantaggio, e il nuovo motto fu: "ccà nisciuno è fesso". È lì che Napoli ha perduto la sua condizione di differenza, oltre che la propria identità.»

«È una ferita ancora aperta?»

«La napoletanità è qualcosa che non muore. Anche nel dolore di questi giorni incomincia a delinearsi un percorso di differenza. Lentamente sta nascendo una riconsiderazione delle radici non più come limite, ma come valore. Proprio mentre ci dicono che Napoli è il problema, proprio mentre in mezza Italia si proclamano ben attenti a non voler "fare la fine di Napoli", noi stiamo rimettendoci nella condizione di recuperare un orgoglio. L'avevamo perduto, ma se un giorno potessimo dire che noi valiamo, se riuscissimo a vincere, sarebbe una festa continua. E c'è forse un posto dove c'è più bisogno di festeggiare, dove c'è un desiderio più forte di vincere, considerato che qui non si vince mai?»

«Quali sono i segni che annunciano questo recupero di orgoglio?»

«Non vengono soltanto dalla borghesia, che anzi quando c'è il problema scappa, diventa romana o milanese. Quando il popolo non reagisce si dice che è rassegnato. Quando scende in piazza si dice che è ingrato. Ma io ora vedo un senso di appartenenza. Al di là delle solite manovre, vedo gente che si organizza, e non è più la solita scaramuccia sotto palazzo San Giacomo. Sono comitati per la difesa dell'ambiente, per il ripristino della legalità, per la difesa delle conquiste sociali. E vedo il volontariato, e quanta aggregazione positiva c'è in quelle periferie la cui unica caratteristica che ricordiamo è di solito il degrado.»

Sei

Ed eccolo qui il popolo che si organizza, che scende in piazza, che proprio nelle periferie si raccoglie in comitati e reclama i suoi diritti, difende il suo ambiente, la sua stessa vita. Eccolo qui oggi, venerdì 23 maggio 2008, nella luce gloriosa di un caldo pomeriggio di sole.

Corso Chiaiano sonnecchia nella controra. Non è la periferia indifferenziata e marcia che ci mostrano e ci raccontano film e libri di largo successo. È ancora riconoscibile il vecchio centro storico, il cuore di questo che, fino al 1926, era un comune autonomo aggrappato alle colline a ridosso di Capodimonte e suddiviso in casali che si spingevano fino ai Camaldoli. Restano ville di severo decoro, e giardini che s'intravvedono ovunque oltre i sottoportici e le corti allineate sul tracciato, e poi gli ampi volumi delle vecchie masserie che il fiato incombente della città, salita fin quassù a quasi trecento metri d'altitudine coi suoi palazzoni, non è ancora riuscito a spazzare via. Un tratto di muro è stato tinteggiato in rosso, e sopra quest'ampia campitura una mano femminile ha pazientemente vergato, in lettere di color celeste, la seguente testimonianza: HO TRASCORSO DIECI MESI FANTASTICI IN CUI HO CAPITO COSA SIGNIFICA AMARE!!! MARCO TI AMO VALE.

Non da dieci, ma da un paio di mesi, tutta Chiaiano è però in agitazione, e non per ragioni sentimentali. Ma forse neanche questo è vero. Perché se decidi di darti da fare in questo modo, di passare le notti a vigilare in strada; se ti danni l'anima a correre di qua e di là, a partecipare ad assemblee, a formare cortei, a scrivere e inviare petizioni, a bussare e chiedere udienza a tutte le possibili porte; se non dormi più e non hai più nemmeno il tempo di andare a lavorare, vuol dire che stai facendo qualcosa di importante e insieme di disperato, qualcosa che ha a che fare proprio con i tuoi sentimenti più profondi, che sono quelli di cittadinanza e di identità. Qualcosa che, dunque, con l'amore c'entra.

Chiaiano è in lotta per difendersi dalla discarica che si vuole allestire in una delle enormi cave di tufo scavate in fondo al vallone della sua Selva, che è quanto dire ciò che resta della grande foresta che un tempo cresceva su queste colline, e che oggi è coronata per tre lati dallo skyline della speculazione edilizia intensiva e per uno da quello del vasto quartiere ospedaliero del Vomero alto. Tutt'intorno, insomma, è cemento. Ma lì, in mezzo, non si sa bene quale miracolo ha fatto sì che sopravvivesse un incredibile polmone verde, su cui c'è oggi un vincolo ambientale in quanto si tratta della porzione centrale del Parco Metropolitano delle Colline di Napoli: oltre duemila ettari di verde, un quinto della superficie e un decimo della popolazione del Comune di Napoli, estesi dalle ultime propaggini di Pianura, a ovest, fino al Vallone di San Rocco, a est. Il Parco è stato costituito, sulla carta e per quanto riguarda le nomine, nel 2003, ma nei fatti è ancora e soltanto il simulacro di buoni propositi, stroncabili sul nascere con un frego di penna in fondo a una lista di "siti di interesse strategico" individuati per fronteggiare la catastrofe dell'immondizia. «L'Ente Parco» mi dicono «ti inguaia se costruisci un muretto, e te lo requisisce. Ma se inquini la falda, non gliene importa niente.»

Esiste oggi, 23 maggio 2008, un mese dopo che i Verdi sono stati spazzati via dal Parlamento, qualcosa di più stucchevole, di più sputtanato, di meno convincente del capriccio di salvaguardare l'ambiente? Altrove, in altre periferie, si ragiona e si agisce con ben diversa determinazione, e per motivi assai meno romantici. A Ponticelli hanno appena dato fuoco a un accampamento di nomadi in risposta al presunto tentativo di rapimento di una neonata, un episodio pochissimo chiaro, una storia piena di salti logici e lacune fattuali che rischia di passare agli annali come nient'altro che un pasticciato *casus belli* impancato per giustificare un vero e proprio pogrom, dalle modalità sinistramente analoghe a quelle applicate nel lontano 1475, a Trento, per la vicenda del beato Simonino, il bambino improvvisamente scomparso di casa e poi ritrovato, straziato e senza vita, presso l'abitazione di una famiglia ebrea.

La televisione è già stata sia a Ponticelli, sia a Chiaiano. E se c'era da restare stupefatti nell'ascoltare alcuni commenti di chi si compiaceva per l'avvenuto esodo dei rom, rammaricato soltanto per il fatto che non fossero bruciati anch'essi insieme alle baracche loro, a Chiaiano ecco invece ricomparire una specie di effetto-Pianura, con le facce pulite e orgogliose dei giovani militanti e poi, giusto ieri sera in televisione, l'energica invettiva di una signora che lavora proprio lì, ai bordi della Selva, e sembrava Woody Guthrie quando ha detto che quella è la sua terra e la sua vita, e non c'è nessun denaro che possa comprarla, perché gli affetti non hanno prezzo, e pertanto lei, e non è certo la sola, lì resterà contro tutto e contro tutti: «M'hanno accidere». Quella signora fa parte dei gruppi organizzati anti-discarica, tra i quali uno ce n'è che ha scelto di chiamarsi "Comitato Foresta di Sherwood".

E insomma oggi, che non lavoro e che ho deciso di fare questa specie di gita, mi trovo qui davanti agli ammassi di sterpi, agli alberi tagliati e messi di traverso, al filo spinato, ai cassonetti e a tutto il resto che è stato messo in mezzo all'unica strada di accesso alle cave per sbarrare il passo ai mezzi che, si teme, prima o poi il sottosegretario Guido Bertolaso manderà per far aprire la nuova discarica. Federico Di Maio, titolare disoccupato di un poligono di tiro («Ci venivano pure i carabinieri a esercitarsi») che aveva sede nella cava e che ora è ovviamente requisito, si offre di accompagnarmi sul posto, lungo un percorso diverso e più accidentato che ci permetterà di aggirare le barricate. Un percorso per molti versi sorprendente, nel quale lui sarà una specie di guida indiana, l'uomo che garantisce per gli intrusi inoffensivi che ormai da queste parti capitano a frotte e che qualcuno deve pur scortare attraverso cancelli che si aprono su terreni che si aprono su altri cancelli che infine ti schiudono il cuore della Selva, là dove lo sceriffo di Nottingham non dovrà mai arrivare.

Montiamo dunque in macchina qui, proprio al "presidio" dei comitati di Chiaiano, all'ombra di un palazzone alla cui base campeggia una scritta che sembra appena fatta e invece è un cupo ammaestramento non saprei se sulla fine della storia o se sul suo eterno ritorno: VALENZI SEI TU IL COLPEVOLE DEL VIRUS. Federico mi guida in un giro tortuoso raccomandandomi di andare piano e di non sollevare troppa polvere. In un amen spariscono i palazzoni e la strada diventa bianca. Saliamo e scendiamo, svoltiamo e risvoltiamo e bastano dieci minuti per arrivare nell'aia di una grande e bellissima masseria. È quasi un viaggio nel tempo, perché ora non c'è più la metropoli, ma il silenzio stupefacente e il paesaggio incantevole di un antico mondo rurale. Si stenta a credere che sia vero, eppure è così: davanti a noi, a perdita d'occhio, soltanto verde e la facciona simpatica di Raffaele Di

Guida, che in questo verde ci lavora come agricoltore, e che tra l'altro è il cognato di quella signora vista ieri sera in tv.

Raffaele si unisce a noi e ci guida per la campagna. Ci sono migliaia di ciliegi carichi di frutti e lui ne stacca e ce ne offre. Le ciliegie di Chiaiano sono tra le più pregiate d'Italia. La varietà locale, la cosiddetta "recca", per la quale è stata richiesta la tutela di un marchio IGP, non è soltanto la più buona dell'intera Italia meridionale, ma probabilmente è anche l'unico prodotto di questo tipo che abbia origine ben dentro i confini di un'area metropolitana. È un frutto dal colore rosa pallido, duro e carnoso e grande a momenti quasi quanto un'albicocca. Dicono che sia il tufo del terreno su cui è coltivata a conferirle queste qualità, e io posso soltanto dire che è buonissima, e che tante ne mangi quante te ne vengono offerte. Di Guida ride: lui lo sa bene. Fra tre giorni incomincerà la raccolta, un'operazione durante la quale, così racconta, più volte gli tocca di correggere le sue ripetute cadute in tentazione facendo ricorso al Bimixin, un disinfettante intestinale.

Camminiamo, e ai ciliegi si alterna prima una vigna, poi un bosco di castagni. Raffaele spiega che nella Selva si produce anche la mela annurca e ci sono tanti altri coltivi. Del resto, sono più di mille le microaziende agricole che hanno sede entro il perimetro del Parco. Ma questo è anche un mondo che ti riserva sorprese di altro tipo. Gli animali, per esempio: c'è la volpe, ci sono donnole e faine, e gli scoiattoli del posto, che poi sarebbero topi quercini, una specie a rischio d'estinzione, e il mustiolo etrusco, cioè il più piccolo mammifero europeo. La natura si è pervicacemente asserragliata in questo suo ultimo ridotto riuscendo a perpetuarsi contro ogni aspettativa. Da queste parti nidificano il picchio e la cincia; il gheppio e il falco pellegrino hanno trovato un habitat proprio nelle cave abbandonate.

Continuiamo a camminare a lungo, spesso con qualche difficoltà, fino ad arrivare sul ciglio del vallone, ai piedi del quale s'aprono le voragini delle cave. Fa un certo effetto pensare che uno dei progetti per la valorizzazione del parco si proponeva di riempirne d'acqua alcune per farle diventare laghi e sfruttarli a fini balneari. Invece, a quanto pare, una di quelle cave, un enorme invaso squadrato dalle pareti verticali alte settanta metri, dovrà contenere la munnezza "tal quale" di Napoli. Almeno un milione di tonnellate.

Ti domandi se abbia senso, e la risposta è un no senza incertezze. Intanto, Raffaele parla del suo lavoro, di quelle ciliegie che vengono esportate in tutt'Italia e che domani potrebbero diventare le ciliegie della munnezza, figurati chi mai vorrà mangiarsele. E tu non puoi fare a meno di pensare a quello che sarebbe questo posto se non fossimo a Napoli ma, che so?, in Germania. Ti pare di vederle, le famigliole che sciamano allegre nel bosco, le piste per le mountain bike, le postazioni del bird watching, le aree da picnic, le passeggiate degli innamorati...

«Facciamo bene a resistere?» chiede Raffaele sulla via del ritorno. Lo rassicuro: mi sembra tutto così assurdo, che proprio non vedo come si possa davvero pensare di farla, questa benedetta discarica. Ma intanto proprio oggi Bertolaso renderà nota la lista dei siti prescelti, e al telefono, dal giornale, mi confermano che sì, c'è anche Chiaiano. Del resto anche Federico ha ricevuto una telefonata di conferma dal presidio di lotta.

«Vedrete che vi avranno inclusi più che altro per far vedere che non soltanto il resto della Campania, ma pure Napoli città deve fare la sua parte. Siete nella lista, ma non significa automaticamente che la discarica si farà.»

Sarà l'aria buona, sarà la grande bellezza del posto, sembriamo quasi convinti. Lasciamo Raffaele e ci avviamo in macchina. Giù al presidio c'è molto movimento, Federico è evidentemente eccitato e ansioso.

Tra meno di due ore qui scoppierà l'inferno. La prima prova di forza, a suon di manganellate. La polizia ha avuto l'ordine di "prendere" la piazza. Alle otto di sera. Considerata l'ora, probabilmente il generale von Clausewitz non l'avrebbe ritenuta una priorità. Ma ecco come una grande e straordinaria e poco diffusa risorsa, dico proprio questo organizzarsi della gente, questo prendere in mano il proprio destino, questo farsi carico di un bene comune e ragionarci sopra finalmente da veri cittadini, viene emarginata, affossata, umiliata; e infine costretta a mutarsi in incomunicabilità e violenza, a diventare permeabile, come lo è ogni cosa di questa città, a velenose infiltrazioni criminali. Provo una infinita tristezza al pensiero che questa brava gente domani verrà additata al ludibrio generale, come una plebaglia di cocciuti egoisti manovrati da loschissimi figuri, sordi a qualsiasi petizione di buon senso e determinati a far sì che Napoli affondi sotto una valanga d'immondizia.

Sette

Vista da Giunnapoli, Chiaiano pare lontana come il Regno del Catai, e ugualmente ineffabile. Si fa presto a dirgli: collaborate, e a cambiar discorso. Se, inoltre, dopo trentasette anni filati di onorato e puntuale servizio, non si hanno ancora notizie dell'edizione 2008 della locale Sagra della Ciliegia, che volete che sia? Qua, in un modo o nell'altro, c'è sempre qualcuno che fa festa. Un'altra festa. Da qualche parte arriva sempre il rimbombo dei botti. Può essere un santo patrono di quartiere, o un compleanno, oppure il festeggiamento per uno che è uscito di galera. O anche, mi dicono, il segnale che è arrivata una nuova partita di cocaina. Nei giorni che ci avvicinavano a Pasqua si trattava più che altro delle paranze della Madonna dell'Arco: fanfare di trombe, trombettelle, tamburi, molto simili a orchestrine balcaniche, squarciano l'irreale silenzio del primo pomeriggio con scariche di musica indiavolata. Vanno di quartiere in quartiere per accompagnare le sottoscrizioni che precedono il grande pellegrinaggio del lunedì dell'Angelo, allorché in migliaia si dirigono verso il cinquecentesco santuario *extra moenia*, in territorio di Sant'Anastasia, e vi giungono a capo di marce estenuanti, così faticose da indurre veri o presunti stati di trance giusto all'ingresso della chiesa. Lì, le paranze formate da questi uomini interamente vestiti di bianco con una fusciacca azzurra di traverso sul petto entrano per solito di corsa, sicché li si chiama *fujenti*, benché poi in mezzo a loro ci siano anche *vattienti*, cioè persone che si percuotono petto e spalle in atto penitenziale. Quelli che cadono in deliquio vengono afferrati al volo dagli infermieri di un pronto soccorso che sembra quasi un servizio d'ordine, e difatti quegli uomini in camice bianco sono per solito nerboruti e decisi, veri *mastuggiorgi*, come in dialetto si indicano per l'appunto gli infermieri del manicomio. Ma sulla grande spianata della Madonna dell'Arco, dove il lunedì di Pasqua del 1450 l'immagine della Vergine dipinta in una modestissima edicola prese prodigiosamente a sanguinare perché colpita da una palla e più ancora dalle bestemmie smoccolate dal nervoso giovanotto che ci stava giocando, c'è in verità un complesso universo vesuviano di gente che danza al ritmo delle nacchere, che si unisce ai cori lascivi delle tammurriate e al casino dei mille chioschi di salsicce e friarielli, frattaglie, *'o pere e 'o musso*, in uno sfrigolio di vapori odorosi, in una vivacità popolaresca che pare una di quelle pantomime messe in piedi per le scene di massa dei film in costume, ed è però presente e reale.

Muraglie d'immondizia non hanno convinto la gente a rimanersene tappata in casa. Quando arriva il sabato sera, Napoli ritorna preda di un fiume di macchine, una corrente maestosa che romba lentamente e che è percorsa come da improvvise e impetuose rapide che sono sciami di motorini su cui si monta in due, in tre, anche in quattro se del caso, e senza casco, zigzagando nella piena, imboccando qualsiasi senso vietato, violando qualsiasi area pedonale. Orde di parcheggiatori abusivi s'impossessano di ogni zona della città, lucrando sul più evidente dei bisogni di questo milione d'infelici: quello di lasciare da qualche parte la macchina, di scenderne per entrare in un cinema, o farsi una birra e un kebab. La sera del sabato è il momento di massima tensione, e si capisce perché. Basta niente a far scattare la violenza, perché tutti sono su di giri, chi invade e chi subisce, chi opprime e chi cerca di liberarsi. Sembra assodato che, in assenza di altre possibilità se non la rassegnazione, chi voglia aver giustizia debba farsela da solo. Non pagare il parcheggiatore abusivo e prepararsi a vedere sfregiata, o anche incendiata la propria auto. Non spostarsi per far passare il prepotente di turno in controsenso e sapere che quello potrebbe anche buttarti sotto. Protestare contro un branco di incivili che gridano sotto casa tua alle due di notte e mettere nel conto che quelli potrebbero, se va bene, seppellirti di ingiurie. Dopo una certa ora, la città è priva di qualsiasi sorveglianza, dunque di qualsiasi regola. Nella luce gialla e fioca dell'illuminazione pubblica, ciò che di giorno gode almeno del misericordioso sfolgorio del sole non ha più scampo e mostra il suo squallore, l'autentica cifra di questa Napoli sfregiata dai suoi stessi abitanti. Squallido è il completo disordine, squallida l'inciviltà dei padroni della notte. Squallido il destino di chi sceglie di starsene tappato in casa o, se può, di migrare verso altri lidi al primo accenno di ponte o di fine settimana, quando partono i bastimenti per terre assai vicine, Sorrento Capri Ischia; e che, con questi pensieri deboli in testa, sarebbe dunque esemplare della mitica specie cui sempre si addossano tutte le colpe epocali: la borghesia napoletana. La accusava d'inerzia, da ultimo, un vasto fronte d'opinionisti nazionali; prima di loro l'aveva fatto anche il prefetto Pansa, commissario all'emergenza rifiuti, che il 7 luglio 2007 aveva previsto per dicembre dello stesso anno la fine dell'emergenza. Non è andata così, ma intanto anche da quel pulpito è arrivata la consueta lezioncina sull'irresponsabilità di un ceto che più sfuggente e fantasmatico di quello non sarebbe possibile immaginare.

Quando infatti s'incolpa la borghesia, vuol dire che ogni argomento è esaurito, e si sta raschiando il barile. È come prendersela col Fato. È come John Belushi nei *Blues Brothers*, quando nella scena dei sotterranei del Palace Hotel, per sedare l'ira della fidanzata abbandonata sull'altare, accampa le scuse più improbabili: «Ero rimasto senza benzina. Avevo una gomma a terra. Non avevo i soldi per prendere il taxi. La tintoria non mi aveva portato il tight. C'era il funerale di mia madre. Era crollata la casa. C'è stato un terremoto, una tremenda inondazione, le cavallette... non è stata colpa mia, lo giuro su Dio!».

Ma che cos'è la borghesia napoletana? Con buona approssimazione, è un Suv parcheggiato in terza fila, con l'autoradio a tutto volume che diffonde una canzone di Gianluca Capozzi:

> Come ho fatto a non capire
> che per lei bastava dire resta
> non andare via
> soltanto questo e basta
> che cosa vuoi che sia.

Dovrebbe essere il famoso ceto medio, più o meno impoverito, cui spetta l'onere di intraprendere le professioni liberali, di farsi "società civile" e dunque di tenere alto il tono culturale della città. Ma se intorno c'è il deserto; se non esiste nemmeno la possibilità di rischiare, se tutto si tiene in una ragnatela di relazioni di parentela e complicità, allora il ceto medio non è altro che la stanca riproposizione di privilegi sempre più piccoli e scadenti, una ininterrotta linea ereditaria del pararsi il culo che riguarda quelle cinque-seimila persone ruotanti come satelliti intorno a qualche modesto pianeta politico o accademico. «Se devo mandare una cosa a un professore dell'università» mi racconta un amico libraio, «devo ricordarmi di non scrivere sulla busta soltanto il cognome, perché altrimenti il fattorino non saprebbe a chi consegnarla.» Tutto si eredita, il posto prima di tutto. E tutto si contratta, non si conquista. I titoli, le competenze contano poco; una giovinezza anonima, non garantita da parentele o raccomandazioni, è una iattura. Avvocati, giornalisti, magistrati, professori, bancari: tutti procedono di padre in figlio. Liquidata l'aristocrazia *ancien régime*, le sopravvive questa nuova linea del sangue, in una società che resta immobile, e che pertanto non avverte il bisogno di rinnovarsi, di migliorarsi, di mettersi in gioco, semmai soltanto quello di riallinearsi e riverginarsi secondo l'aria che tira. L'autoreferenzialità di Napoli, oggi, non è più tanto una questione di miti condivisi, di riti della tradizione che si devono trasmettere e onorare, quanto il continuo ripresentarsi delle solite facce, delle consuete trame familiari. Sarà anche per questo che la prima domanda che tutti fanno incontrando una persona nuova è di solito: a chi appartieni? a chi sei figlio, nipote, o almeno compagnuccio, nella disperata ricerca di una riconoscibilità, di una possibilità di iscriversi al medesimo club. Cosa che può diventare argomento di conversazione: mi è toccato di dover ascoltare per ore bellimbusti impomatati che non parlavano di sé (non avrebbero avuto molto da dire) ma delle conoscenze comuni, come collezionisti di referenze, quasi a rassicurarsi, a ripetersi che, provenendo entrambi dall'interno della stessa piccola casta, non potevano sussistere dubbi a proposito della rispettiva onorabilità e affidabilità. Ed è naturale che, procedendo nelle generazioni, le qualità forti che avevano consentito al capostipite di emergere e di crearsi una posizione, con mezzi il più delle volte illeciti, tendono ad affievolirsi, senza più avvertire il bisogno di un aggiornamento, di una miglioria di qualsiasi tipo. Il palazzo vacilla, ma il portinaio indossa ancora la sua gloriosa livrea. Basta muoversi all'interno di un consolidato sistema di valori di riferimento, dentro un orizzonte di pigra rispettabilità che, ancora una volta, annette particolare rilievo alle forme dell'apparire. Nessuna città mi pare più di questa, che conta un numero spropositato di negozi di "pezze", disposta a uniformarsi ai dettami della moda, a credere che un abito possa davvero cambiarti l'aspetto e la vita, a orientare tutti i propri consumi "culturali" nella direzione di un azzeramento della propria residua personalità, costretta in una uniforme collettiva. I più giovani, come ho detto, sono i più accaniti interpreti di questa volontà di omologazione, che trova un fondamento per dir così "morale" nella necessità, che è quasi un'ossessione, di distinguersi dai *fetienti,* nel proclamarsi estranei al sottomondo dei vicoli e dei bassi.

Sotto la crosta di una vocazione tollerante, inclusiva e promiscua, Napoli è città quant'altre mai classista. Chi ha sentore di una superiorità, fa di tutto per proclamarla, per esibirla e farsene scudo. Il problema è che ormai i simboli di questa distinzione si sono indeboliti: riguardano quasi esclusivamente l'esteriorità, e basta poco per travestirsi e infrattarsi nella commedia della piccola vanità municipale, sol che si abbia la pazienza di fare la fila ai saldi di Hogan o di Prada per impossessarsi di un qualche feticcio.

Eppure, era questa la città in cui, accanto al massimo di volgarità, era possibile trovare il massimo della vera eleganza, quella che non aveva bisogno della tessera di un circolo alla moda per brillare di luce propria, né di mandare a Londra le camicie per farle stirare come si deve, ma che, anzi, anche indossandone una stazzonatissima e lisa, riusciva a marcare la sua distinzione. Il gentiluomo napoletano d'altri tempi, cui sigla era una generosa eccentricità in eroico disdegno di qualsiasi gesto omologante, è figura ormai persa nel labirinto della storia: come si dice, viene da lontano ma si è persa nel traffico. Ne rimane viva la caricatura: affettazione, stucchevole cortesia, un'attitudine insistita alla vacuità più che alla leggerezza, una erre moscia senza più vere parole da pronunciare. Il fatto è che quelli che sono rimasti hanno finito per radicalizzare una certa timidezza e riservatezza. Man mano che le forme dell'apparire si facevano più esibite e volgari, si rinchiudevano nel culto dell'understatement come in una forma di autodifesa. Di qui, l'acuirsi di un certo tratto saturnino, che è caratteristico e trasversale, nella mentalità napoletana, perlomeno quanto lo è il suo contrario mercuriale.

C'è un atto unico di Eduardo De Filippo intitolato *Dolore sotto chiave* che dice bene di questa fondamentale componente di malinconia, che è poi la manifestazione di una profonda difficoltà di affermare e svelare la propria interiorità in un mondo troppo chiassoso e sfrontato. "Sotto chiave" è l'intima natura di tanti napoletani ricchi di cultura e di esperienza che si trovano a malpartito di fronte a una realtà che sempre più sembra esigere convinzioni e giudizi netti, quali una persona educata nel dubbio e nella tolleranza stenta a formulare. È per questo, in fondo, che la classe dirigente cittadina continua a esser fatta per lo più di "gente nuova", gente che ha visto e letto poco e che pertanto è meno proclive a questo genere di turbamenti, e per conseguenza più indifferente al degrado civile e materiale.

Ma questo, va da sé, lo si potrebbe dire di qualsiasi città italiana, e allora perché insistervi parlando di Napoli? Be', ma perché qui, molto più che in qualsiasi altra città italiana, ci sarebbe bisogno di una più forte presenza della società civile e degli intellettuali, che tendono invece a rifugiarsi nel volontariato o negli studi, e a preferire, nel migliore dei casi, la pratica aventiniana delle "assise" allo sporcarsi le mani in politica o nelle istituzioni.

Comunque, la signorilità napoletana è qualcosa che dopotutto non muore, e che può riuscire ancora a stupire chi si trovi a essere testimone delle sue sempre più rare manifestazioni. La sua misteriosa essenza è il risultato di una completa transustanziazione delle sovrastrutture della civiltà entro una cifra "naturale". Tutto sembra sgorgare senza sforzo da una fonte limpida e cristallina, per l'appunto come il portato di un qualche oscuro atavismo che diventa, volta a volta, disponibilità all'ascolto, pura gentilezza, piacere schietto della conversazione. Tutte queste cose insieme danno luogo a ciò che io intendo per eleganza napoletana: una grazia speciale, leggera e consapevole, ironica e comprensiva;

una complessità di cui non avverti il peso, e che sa affascinarti con pochi gesti. Non importa a che cosa si appoggi questa eleganza: non è un fatto di censo, né di alta cultura. Si può esserne portatori a partire da qualsiasi mestiere o professione, e quale che sia il posto che si ha nel mondo. È un dono che può estrinsecarsi nelle pratiche più varie, come ho osservato, per esempio, conoscendo i due fratelli La Capria, Raffaele detto Duddù e Giuseppe detto Pelos.

Raffaele La Capria è uno dei più famosi scrittori italiani. La sua principale caratteristica, in quanto scrittore, è la chiarezza: uno stile in apparenza molto semplice e quasi disadorno, capace però di sollecitare le corde più profonde dei suoi lettori, di commuoverli e di convincerli anche quando sembra avvertirli, per usare la "massima" di Pessoa a lui tanto cara, del fatto che "il poeta è un fingitore", e "finge tanto completamente / che giunge a fingere che è dolore / il dolore che davvero sente". Questa complessità, in uno come Duddù, si risolve in un vero miracolo di equilibrio naturale: può essere una battuta a cena tra amici, può essere il bastardino Guappo che fino a quando è stato vivo era l'inseparabile, sguinzagliato compagno di ogni sua passeggiata, può essere perfino la tonalità delle sue giacchette pied-de-poule. In Duddù, che non a caso è, se non l'unico, uno dei pochissimi scrittori italiani di lungo corso a essere tenuto per autentico maestro da una schiera di colleghi di lui molto più giovani, ho sempre riconosciuto così, quasi a prima vista, i segni di quella grazia di cui parlavo, e che mi è sempre parsa un vero retaggio napoletano, una cosa che viene dalla famiglia, che si è nutrita di riti e affetti domestici, ma anche di luci e di paesaggi; una virtù che rifulge come "la bella giornata" che sta al centro della sua poetica, e che ne ha fatto uno scrittore, ma che si sarebbe conservata nella sua integra essenza anche se fosse diventato un bancario, un medico, un istruttore di tennis. Oppure suo fratello.

Giuseppe La Capria, per tutti Pelos, se n'è andato all'inizio del 2002 dopo 77 anni di vita piena, tre dei quali passati lavorando, gli altri regalando un'allegria contagiosa. Era l'ultimo dei mitici "leoni al sole" positanesi, la cui esistenza, si può dire, consisteva nell'attesa dell'estate, e se qualcuno chiedeva: «Che facciamo quest'inverno?», rispondevano: «Ce facimmo 'o cappotto». Leone al sole così vero, Pelos, da potersi permettere di non avere una parte nel celebre film di Vittorio Caprioli, dove il suo personaggio fu interpretato da Vittorio Pugliese, e dove invece comparve il suo riluttante fratello sceneggiatore. Un ben strano gioco delle parti: perché poi, quando al gaudente Pelos domandavano se per caso fosse il fratello dell'autore di *Ferito a morte*, la risposta era invariabilmente: «No, è lui che è mio fratello. Io detto e lui scrive».

Quanto fosse paradossale la battuta, Pelos era il primo a saperlo. Ma è un fatto che tutte le sue gesta sono diventate oggetto di una specie di culto, una vera tradizione orale e soprattutto scritta, se si pensa che Raffaele non poté fare a meno di servirsene per *Ferito a morte*, di cui *I leoni al sole* è in qualche modo un'estensione. Pèlos da Pelòs, corruzione di

"Pilucci", nomignolo famigliare storpiato dall'incerta pronuncia di una balia. Secondo suo cugino Fabrizio Della Rocca, Pelos era così perché era nato a palazzo Donn'Anna. La cosa curiosa è che anche Raffaele è così perché è nato a palazzo Donn'Anna. Raffaele-Duddù, campione di tuffi, si slanciava a mare dagli archi di quella incredibile fabbrica posta all'inizio della costa di Posillipo; Pelos, tuffatore provetto a sua volta, preferiva la buffoneria di buttarsi col paracadute (un lenzuolo) dal soppalco in camera da letto; e a Capri alternava i tuffi dai Faraglioni a quelli nel pozzo della villa che lo ospitava. Da Donn'Anna spesso non poteva uscire a piedi, perché aveva debiti col portinaio. Poco male: in quei casi usciva in barca, remava fino al circolo Posillipo e la giornata la passava lì, tuttavia astenendosi dal tennis, perché gli scocciava di non poter dare la mancia al raccattapalle.

La Capri del dopoguerra fu il suo primo palcoscenico. Conosceva tutti, e tutti sfotteva, a cominciare da Dado Ruspoli e dal suo aristocratico codazzo di eccentrici. Fu lui a sfidare il sussiego del principe Fabrizio Ruffo di Calabria pregandolo che dalla Calabria, appunto, gli portasse un paio di soppressate. La vita era facile e Pelos se la beveva avido: poteva divorare quaranta uova, per poi neutralizzarle con un bottiglione di Soluzione Schumm, e qualche ora dopo sbronzarsi a forza di Caffè Sport Borghetti. (Da ultimo si era dato una regolata, senza però rinunciare al suo litro di vino serale.) Conosceva tante donne, sulle quali sapeva far colpo nei modi più strani. Per esempio, mangiando bicchieri di cristallo.

A Napoli si ricorda una sua performance della notte di san Silvestro, in cui si ferì addentando una palla di vetro dell'albero di Natale. Lo portarono d'urgenza in un ospedale che pullulava di feriti per i botti. Perdeva molto sangue dal labbro. «Salvatemi, vi prego!» urlava. E, giunto al cospetto di un medico che gli guardava la ferita con aria interrogativa, rese la sua confessione: «Dotto', so' 'nu strunzo. Ve pare che 'a notte 'e capodanno uno se magna l'albero 'e Natale?». Dicono gli amici che prima virtù di Pelos fosse per l'appunto una indefinibile grazia che gli consentiva di fare ampio uso di maleparole in un'epoca in cui nessuno ancora le diceva. Poteva dire di tutto senza mai essere volgare, e aveva un'ironia surreale. Un giorno, nei primi anni '50 (epoca in cui si parlava molto di Ufo), ricevette il cugino chiedendogli: «Fabbri', ma a te t'hanno maje pittato 'e verde?». Teorico, lui che non era nato ricco, della necessità di non fare nulla almeno fino ai cinquant'anni, restano leggendarie le sue incursioni nel mondo del lavoro. Una volta andò a vendere le barche dei cantieri Sonnino al salone nautico di Genova, e pare che invitasse un cliente a non toccare con la mano sudata uno dei natanti: «Sapete, teme l'umidità». Quasi rabelaisiano il racconto dei suoi exploit nell'industria conserviera, allorché provò a dimezzare lo spessore della banda stagnata per poi accorgersi di quel che era successo all'enorme partita di "buatte" spedite in America: «Scurrevano tutt'e trentamila» (perdevano tutte).

«Io detto e lui scrive»: la vita di Pelos sembrava fatta per scivolare fatalmente nella letteratura. Al punto che Duddù decise d'ispirarsi proprio al fratello per il personaggio di Ninì in *Ferito a morte*, e di renderlo protagonista di una serie di clamorose imprese – come quella di colorare di giallo il mare della Grotta Azzurra utilizzando un liquido in dotazione ai gommoni di salvataggio alleati. Finì che Pelos si convinse di aver effettivamente compiuto quel gesto, che oggi (chissà perché) i giornali definirebbero "futurista". E se lo ascrisse senza esitazione, e prese a raccontarlo in giro, tanto che ormai tutti lo considerano realmente avvenuto, anche se, come Duddù ha scritto sul "Corriere della Sera", per una volta fu lui a dettare e suo fratello a vivere, o almeno a credere di aver vissuto.

Pelos La Capria è morto a Sanremo, dove da un paio d'anni viveva con la sua compagna, l'attrice Isa Barzizza. L'ha stroncato un male micidiale, in soli tre mesi. Ma fino all'ultimo non ha deluso le aspettative. A Natale annunciò al suo vecchio amico Fabrizio Knight che gli avevano regalato un carro funebre decappottabile. A capodanno, a un'amica che gli telefonava per fargli gli auguri, e che ne aveva lodato la bella voce, aveva replicato che era «registrata per gli amici». Al fratello venuto a fargli compagnia nelle ultime ore si è rivolto con un commovente: «Duddù, ti serve qualcosa?».

Quelli come Pelos erano uomini di mondo ma anche eroi solitari. Contraltare di questa fiera soggettività individuale è la mostruosità della "comitiva". Si fa tutto "in comitiva": l'andata al ristorante, la settimana bianca a Roccaraso, le vacanze a Ischia, la lasagna a carnevale e la pastiera a Pasqua, il viaggio a Sharm o a Ibiza. La "comitiva" è l'annullamento di qualsiasi responsabilità personale, e la fine di ogni elaborazione originale. Permette di non sentirsi mai soli, e chiede in cambio l'impegno di continue mediazioni o, meglio ancora, l'affidarsi a un maschio alfa del quale sia riconosciuto l'impeccabile uso di mondo: uno che abbia letto il manuale dei vini di Veronelli, che abbia affrontato almeno una volta nella vita la pista nera dell'Aremogna, che abbia dato una sbirciatina a una guida turistica uscita in edicola come gadget del giornale. Un modo per non pensare, per poter ridere delle solite battute e parlare lo stesso gergo, continuando a concentrarsi sul piccolo mondo usuale senza provare la vertigine dell'ignoto. Sfibrato universo di falsi uguali, la "comitiva" è l'architrave della tendenza al clan, e compartisce dosi prefissate e omeopatiche di novità. È uno stare insieme sempre, un affrontare uniti il mondo esterno, vissuto come una giungla insidiosa e annichilente. È, anche, il vampirismo delle *cofecchie*: tutti hanno sempre scopato con tutti, tutti sanno tutto di tutti. L'aria che manca è quella che potrebbe causarti un raffreddore, perciò meglio così, meglio non rischiare e respirare tutti insieme, mischiare molecole di aria prerespirata, di cui si sa per esperienza che non fa male.

Talvolta risulta davvero inspiegabile questa inclinazione al conformismo del branco da parte dei napoletani. In fondo, sono gli stessi che, se per caso a una festa qualcuno intona una canzone, non solo non gli vanno dietro, ma si mettono ciascuno a cantarne un'altra diversa. La stessa cosa accade durante le conversazioni con più di due persone: tutti si parlano addosso, non si capisce niente, e insomma l'individualismo è assoluto e irrimediabile. Ci vantiamo di essere il popolo più tollerante d'Italia e magari del mondo, e in realtà guardiamo con sospetto chiunque scantoni, chiunque si comporti in modo anche lievemente diverso da quello cui si conforma la maggioranza.

La pensa così anche Peppe Fetish, un giovanottello curioso che da qualche tempo impazza su You Tube. C'è un suo video girato nel centro storico dove lui, la faccia smunta e un po' allucinata, si presenta così: «Ciao ragazze, sono Peppe Fetish. Io sono un feticista, lecco i piedi delle ragazze. Pago 50 euro se me li fanno leccare, 20 euro se me li fanno odorare. Gli uomini no. Io prendo la pensione al cento per cento e in quindici giorni mi sono mangiato 600 euro solo per leccate di piedi». Tutto sommato, Peppe ha un'aria piuttosto distinta e mite. «Secondo me» dice «a Napoli c'è molta ignoranza. Perché al Nord con molta probabilità sarei accettato.» Ecco dunque la consapevolezza, o almeno la fondata speranza che, appena spezzate le catene del conformismo imperante all'interno della cinta daziaria o comunque a Sud del Garigliano, un mondo migliore sia possibile: «Non sono stato fuori, però gente che è stata fuori e che la pensa come me mi ha detto che è così».

Vero o artefatto che sia, il lamento di Peppe Fetish sull'arretratezza dei costumi cittadini si leva in un ambito – quello della sessualità – nel quale storicamente Napoli si è peraltro sempre segnalata per una ragguardevole rilassatezza. Fin dai tempi del *Satyricon*, la sfera amorosa ha potuto godere di una certa extraterritorialità, immune ai rigori della morale, nella piena comprensione delle esigenze naturali di uomini e donne, i quali dopotutto da qualche parte e in qualche modo devono pur sfogarsi (*hann' 'a sfugà*), come per esempio poterono fare per tutto il Medioevo ai bagni di Baia, su cui aleggiava una fama di assoluta licenziosità. La più spettacolare e convincente dichiarazione del contegno tenuto da Napoli nei confronti delle questioni di sesso, l'ho ascoltata dalla viva voce dello scrittore Domenico Rea, allorché riferì le parole rivoltegli da un parcheggiatore abusivo antico amico suo, un vecchietto stortignacco e male in arnese che ebbe a dirgli: «Prufesso', vuje mo' me vedite accussì, ma je so' stato magnaccia 'e femmene». Magnaccia di femmine: manco avesse detto fisico nucleare o ingegnere elettronico.

Ma poi: femmine, uomini, che differenza fa? Nei quartieri popolari del centro sono sempre state ben accette presenze come quelle delle prostitute e dei *ricchioni*, oggetto, anzi, questi ultimi, di una sorta di culto popolare, come sacerdoti di arcaici misteri, o depositari di chissà quale scienza arcana che si manifesta in occasioni di speciali travestimenti: la *figliata* raccontata da Malaparte ne *La pelle*, e ancor oggi la tombola officiata dai femminelli, che in questo modo, tirando a sorte i numeri e annunciandoli con elaborate perifrasi, si mostrano come figure significative nella determinazione del destino in un mondo in cui stiamo tutti sotto al cielo, e da un niente, da una piega insignificante, può dipendere la fortuna nostra. Sarà per questo, e non certo per caso, che ancor oggi il più potente antidoto alla cattiva sorte viene dai più ritenuta la benedizione impartita da un prete ricchione. Come non è certo un caso il fatto che, una decina d'anni prima che nel 2008 un trans facesse il suo ingresso, menando scandalo, nella casa del Grande Fratello, nella Napoli popolare un altro ce n'era, e c'è ancora, dichiaratissimo e addirittura liliale nella sua franchezza, che s'era affermato come uno dei più notevoli cantanti neomelodici. Valentina, questo il suo nome, come dice il sito CulturaGay.it, "è l'antitesi della drag queen. Cosmesi minima, abiti dai colori pastello, dà nell'occhio come darebbe qualsiasi signorina napoletana vanitosa e dalle belle forme della sua età. Timidissima, tiene sempre grandi occhiali che non toglie se non davanti alle telecamere, quando sfoggia l'inconfondibile sguardo da gatta, dolce e azzurrissimo". Valentina è in realtà un marcantonio dalla figura imponente e dalle spalle larghe. Ma con le sue canzoni in stile techno-dance tra cui spicca *Ok!*, alla quale s'è ispirata la cabarettista Rosalia Porcaro per il personaggio tv della cantante Natasha, è in buona sostanza un'artista per famiglie, e infatti i suoi concerti e gli spettacoli sulle tv locali uniscono grandi e piccini, nonni genitori nipoti, in una atmosfera da sagra domenicale. Tuttavia nelle sue canzoni non si parla solo di storie d'amore "regolari". Spesso, anzi, c'è spazio per testi che rivendicano con orgoglio l'identità omosessuale, come nell'hit *Ragazzo gay*: "Hey ragazzo gay / non arrenderti mai / forza ce la farai! / Hey ragazzo gay / io lo so lotterai / perché il cuore ce l'hai / dentro di te c'è l'amore / di chi ha creato ogni cosa / l'anima non ha colore / né sesso né età / hey ragazzo gay / abbi fede e vedrai anche tu vincerai/ come me!".

Valentina è un libro aperto. Una volta ha pubblicato un album con la copertina doppia: da una parte c'era una sua vecchia fotografia quand'era ragazzo, dall'altra una foto nuova di lei da donna. Svolge anche una riconosciuta funzione di ascolto sociale: «Moltissimi bambini che non sanno come dire ai loro genitori che sono trans mi scrivono o vogliono parlare con me. Io ho risposto a molti di loro e sono stata anche a telefono. Molti bambini che ho aiutato» dichiara «ora sono diventate certi pezzi di femmine».

Il femminello, insomma, anche nelle sue più moderne incarnazioni, continua ad avere in Napoli un ridotto sicuro e accogliente. Ha un ruolo, e molto spesso procura anche di smaltire il testosterone in eccesso di tanti ragazzini impazienti che non mostrano imbarazzo nel misurare il loro esuberante virilismo in compagnia di queste creature variamente ammirate, coccolate, persino temute. A patto, forse, che esse stesse si mantengano il più possibile nell'alveo della tradizione. Che magari, come Valentina, si dichiarino molto devote e contrarie al matrimonio tra gay, o che perpetuino la tradizione della Candelora, la loro festa, quando vanno in pellegrinaggio al santuario di Montevergine per celebrare, così si dice, la memoria di due antichi travestiti napoletani che lì, sulle balze irpine del monte Partenio, furono esiliati e condannati a morire ma vennero salvati per intercessione della "Mamma Schiavona", la Madonna cui ancor oggi dedicano canti e danze nel corso di una cerimonia che è il più incredibile *gay pride* di cui s'abbia notizia in Italia.

I problemi, insomma, incominciano a manifestarsi quando dal femminello vecchio stile si passa al gay organizzato, che già per via di un problema linguistico risulta figura di una modernità vissuta come estranea. Mentre il femminello sta al suo posto e onesto si dedica alle attività che ha sempre svolto, consentendo in tal modo che su di lui si eserciti un pieno benché discreto controllo sociale; il nuovo gay pretende di essere un pari, di non dover pagare dazi sociali, di rivendicare *ex lege* diritti e prerogative. Questo non sta bene. Di qui un rapporto critico che è fatto sostanzialmente nuovo, tale da aver attirato l'attenzione dei sociologi dopo ripetute denunce di Arci Gay e Arci Lesbica sulle manifestazioni d'intolleranza di cui alcuni loro affiliati sono stati fatti bersaglio nel centro antico di Napoli, in quella piazza Bellini dove ogni notte si raduna un'enorme popolazione giovanile, per lo più di sinistra, benché infiltrata da elementi dei Mastiffs, uno dei più temibili gruppi di tifosi organizzati, i cui tre unici scopi nella vita sono scrivere il proprio nome sui muri, stonarsi con una quantità mirabolante di canne e menare mazzate dove e come capita.

Da un certo punto di vista, questa imprevedibile avversione agli omosessuali si potrebbe leggere come l'ennesima dimostrazione del modo che ha una città "antica" di proteggersi di fronte all'irrompere del moderno. Perché essi fanno, o si presume che facciano cose che stridono rispetto alle abitudini collettive, che sfuggono al catalogo delle usanze certificate e introducono elementi di perturbazione nel peraltro caotico assetto della città. Sotto casa incontro ogni giorno un giovane indiano, la carnagione scura, che fa il fattorino. Gira in motorino e va sempre contromano, e presumo che questo suo modo di venir meno alle regole del codice della strada non sia altro che dichiarare la sua adesione al costume dominante: insomma, un fatto di integrazione. Ma anche gesti in apparenza più eccentrici possono rientrare in questa ottica, e penso per esempio alle partite di cricket che nottetempo frotte di giovani srilankesi abitanti nel Cavone andavano disputando sul lastricato di piazza Dante (oggi dispongono di un campo in periferia). All'inizio, non deve esser stato facile per loro affermare un simile diritto, in una parte della città in cui imperversano alcune delle più toste tra le bande giovanili del centro storico, le quali anzi, a un certo punto li hanno violentemente attaccati. Poi però qualcosa dev'essere scattato: in fondo, giocare a cricket per strada è come giocarci a pallone, evidenzia cioè un ugual modo di rapportarsi agli spazi urbani. E in più quello strano gioco, che è comunque manifestazione di una abilità, poteva attirare l'attenzione dei ragazzi e diventare uno spettacolo nuovo, gradevole e alla fine dei conti del tutto inoffensivo.

È così che il multiculti si afferma a Napoli: non deve dare l'impressione di una separatezza, né pretendere d'essere rigoroso e incorrotto in una città che ama essere un po' approssimativa; deve innestarsi con naturalezza nel tronco antico di quest'albero millenario, e accettare di vivere nella sua ombra pur esibendo qualche segno forte della propria differenza. Deve dar prova di una complicità e non adombrarsi se gli vengono meno i lussi della correttezza politica, e ogni marocchino viene definito *'o niro*. È invece il gesto isolato e solipsista quello che di norma continua a essere guardato con sospetto.

Per esempio, l'andare in bicicletta.

Io lo faccio spesso. Monto sulla mia bici, attraverso la Riviera di Chiaia, mi butto nei vialetti della Villa Comunale e poi sull'ampio marciapiedi di via Caracciolo, lato mare. È il mio unico omaggio alla filosofia del fitness, reso cercando di tenere il naso più dalla parte dello iodio che da quella degli scappamenti. Devo dire che, oltretutto, ogni giorno che decido di andare al lavoro in bici incontro sul mio percorso non pochi altri ciclisti, insieme a pattinatori e a runners, parecchi dei quali bardati di tutti i gadget tecnologici del caso. Io sono spartano: niente casco, niente tutine attillate né scarpette speciali: vado vestito normale, al massimo mi rimbocco i pantaloni alle caviglie, e insomma si vede che la bicicletta la uso per spostarmi, non per un particolare calcolo atletico. Il problema, forse, sta proprio qui.

Una mattina, dunque, mentre col rapporto più alto sto mordendo l'asfalto liscio e piano di via Partenope, un'auto accosta e qualcuno, da dentro, mi grida: «Ricchiò!».

Sarei tentato di fermarmi, di andargli vicino e di bussargli sul vetro del finestrino: «Ricchione a chi?». In effetti, sono infuriato, e non certo perché mi abbiano gratificato di quell'epiteto. Quello che mi fa insorgere è la miseria civile implicita nell'insulto. Sono un ricchione perché perdo il mio tempo andando in bici invece che in macchina o, magari e forse meglio, in moto? Sono un ricchione perché non faccio rumore, non emetto gas di scarico, non do fastidio ai pedoni e non rappresento un pericolo se non per me stesso? In questo modo, mi pongo al di fuori della norma condivisa: sono uno che vorrebbe vedere realizzate sul lungomare bellissimo di via Caracciolo le piste ciclabili che del resto ormai da molti anni sono state progettate. E che magari pretenderebbe pure che qualche vigile le presidiasse, e che gli stronzi col motorino non ci sfrecciassero dentro facendo il cavallo, come succederebbe di sicuro, se ci fossero.

A questi pensieri un senso di nausea mi assale, e a stento riesce a lenirmelo un ragazzetto che incontro un po' più avanti. È lì che cammina per i fatti suoi, non è in compagnia di amici a beneficio dei quali improvvisare un numero di varietà, è solo con la sua personale voglia di comunicare, e quando gli passo vicino mi fa: «'O zi', m' 'o date 'nu passaggio?». Già il fatto che mi abbia chiamato "'o zi'" e non "'o no'", insomma zio invece di nonno, mi sembra una carineria, e nel complesso mi piace il richiamo a una Napoli che di solito si ritiene sparita, quasi una citazione da un vecchio film di Massimo Troisi, quando Lello Arena voleva salire sulla canna della bici e prometteva di farsi "leggero leggero". Ma quello che più mi delizia, di questo ragazzetto chiacchierone, è la sua capacità di fare lo spiritoso per sé solo, la bellezza di una battuta improvvisa e irrelata, che non chiede applausi o complicità – o che, al massimo, li chiede a me, che di quella battuta sono dopotutto il bersaglio e in qualche modo la "vittima". È insomma un gesto ormai raro di fratellanza che mi commuove e che mi insinua la sottile speranza che non proprio tutto sia perduto.

Perché poi, a petto della pusillanimità delle comitive o dei branchi, rifulge la rara intraprendenza di certi eroi solitari che pure sono una caratteristica, benché ormai minoritaria, di Napoli. Una intera stirpe di magliari, paltonieri, grassatori, cabibbi e cerretani che nei secoli si sono avventurati sui più lontani lidi a disegnare i profili di esistenze memorabili. Questo genere di ciarlatani è oggi scomparso: le loro pallide reincarnazioni sono quei commoventi praticoni del gioco delle tre carte che è possibile incontrare nelle stazioni della metropolitana di Milano; a un livello più alto di mariuolaggine, quelli che sui piazzali degli autogrill vogliono venderti qualcosa, o ancora le rare e riconoscibilissime bande di borseggiatori che salgono talvolta sui mezzi pubblici a Napoli e si pigiano contro la gente nella speranza di essere scambiati per puri *rattusi*, ossia specialisti della manomorta e consimili libidinosità. Al magliaro di una volta si riconoscevano precipue virtù "napoletane": una buona dose di naturale simpatia, la parlantina sciolta, lo sguardo malandrino indice d'astuzia e intelligenza vivace. Magliaro è uno che va in giro a vendere roba da mettersi addosso, e per antonomasia uno che viaggia, che sa trarsi d'impaccio nelle più diverse situazioni, e che talora si ferma, per ricominciare una nuova vita sotto altri cieli, là dove nessuno possa curiosare nelle nebbie del suo passato. Tutto il repertorio cialtronesco gli è congeniale, e con esso le arti della persuasione che ha appreso in anni di gran pratica degli uomini, e più spesso delle donne.

Un viaggiatore e avventuriero dell'Ottocento che un po' magliaro era anche lui, il conte corso Leonetto Cipriani, nel 1853 il primo bianco a condurre una enorme mandria d'animali da Saint Louis fino alla California lungo il tracciato di quella che sarebbe diventata molti anni dopo la ferrovia transamericana, racconta che strada facendo gli venne voglia di una deviazione per andare a vedere chi erano, e che facevano quei mormoni di cui tanto si vociferava e che, poligami e piissimi, s'erano da poco insediati sulle rive del Gran Lago Salato, nello Utah.

Leonetto dunque si stacca dal suo convoglio e traversa il deserto fino a Salt Lake City, che gli appare come una città di lunghi vialoni deserti, deserti almeno fino a quando in lontananza si staglia la figura di un uomo, cui lui s'avvicina per chiedere informazioni. L'uomo, un vecchio, si rivela essere un maestro di musica. Napoletano e di nome Gennaro Capone. Si scambiano qualche battuta, vengono a parlare di politica e dei casi di Re Bomba: "Chillo possa esse' acciso!" sbotta Gennaro, "Trent'anni pe' lu munnu pe' causa sua!". Leonetto si diffonde sullo "scilinguagnolo" del suo nuovo amico, sulla profusione di riguardi che gli dedica chiamandolo ben presto "principe" ed "eccellenza". E descrive la scena festevole che gli fa, nella locanda dove lo accompagna, un'intera famiglia mormone – padre, mogli e otto figli – che alla sola vista di don Gennaro (nel racconto, il "don" arriva così, non annunciato ma spontaneo e naturale) si rianima e lo riempie di affettuosità. Leonetto non può fare a meno di notare la "strana somiglianza della progenie grande e piccola con il menestrello napoletano". Don Gennaro previene ogni desiderio dell'ospite. Questi vuole radersi, e lui pronto: "Lo faccio io. Sono stato anche parrucchiere", e gli fa la barba, gli lava i capelli "con rum ed un'acqua di ginepro che usano gli Americani", e dopo il bagno gli taglia pure le unghie dei piedi. Dopo un riposino, è sempre don Gennaro a presentarglisi esclamando: "Vostra eccellenza è servita!" e a condurlo a una mensa ricchissima quale si sarebbe potuta godere "in un ricco castello di Europa". Un pranzo prelibato, e del resto don Gennaro lo informa di avere anche fatto il cuoco "alla Nuova Orlèans". E insomma continua questa ospitalità enfatica e travolgente, che al mattino si arricchisce d'un pantagruelico piatto di maccheroni, e dopo pranzo di un'accademia – un concertino – offerto da due belle allieve di don Gennaro, e sia pure con esiti "da far scappare un sordo", ma non tali da avvilire don Gennaro, che anzi "pavoneggiandosi tutto, non stava in sé dalla contentezza, e ridava l'aire ai modi sconci ed al gridare, dei quali aveva persa l'abitudine in tanti anni di vita con esseri impassibili come i Mormoni".

Chissà se c'è del vero in questo racconto. Cipriani, personaggio notevole del Risorgimento, e animoso esponente della corrente di più stretta osservanza sabauda, è pur sempre il maggiore indiziato dell'invenzione di quel geniale "ordine della marina borbonica" che più di ogni altra cosa dovrebbe rendere l'idea della disorganizzazione, della natura irreparabilmente caotica e improvvisata dei napoletani:

> All'ordine Facite Ammuina:
> tutti chilli che stanno a prora vann' a poppa
> e chilli che stann' a poppa vann' a prora:
> chilli che stann' a dritta vann' a sinistra
> e chilli che stanno a sinistra vann' a dritta:
> tutti chilli che stanno abbascio vann' ncoppa
> e chilli che stanno ncoppa vann' abbascio
> passann' tutti p'o stesso pertuso:
> chi nun tiene nient' a ffà, s'aremeni a 'cca e a 'llà.
> N.B.: da usare in occasione di visite a bordo delle Alte Autorità del Regno.

È questo un testo per molti versi mirabile. A qualsiasi napoletano minimamente edotto nelle questioni dialettali, si dichiara immediatamente apocrifo (in particolare, un verbo come quel finale "aremenarsi" pare addirittura di estrazione veneta), eppure risulta terribilmente azzeccato, qualcosa che coglie in pieno uno spirito e un carattere, come per esempio riesce a fare la canzone *Caruso* di Lucio Dalla, che è insieme *Dicitencello vuje* e *Te voglio bene assaje* senza essere nessuna delle due, e anzi esibendo l'enorme distanza che la separa da quei classici.

Dunque il "don Gennaro" di Cipriani potrebbe essere un'altra invenzione di questo tenore: bella, credibile, suggestiva, e del tutto falsa. Ma è pur vero che il probabilmente falso don Gennaro è a sua volta un personaggio dalla costitutiva falsità e doppiezza: personalità proteiforme, maestro, presunto patriota ed esule politico, cerusico, barbiere, cuoco, insomma un uomo che può vantare tante (troppe) competenze, senza in realtà averne nemmeno una. E sempre incline ad ascoltare il richiamo della foresta: gli basta incontrare un altro italiano per ritrovare "i modi sconci" e "il gridare" che sono così connaturati alla sua gente. Insomma, questo ritratto puzza lontano un miglio di invenzione: ma così tanto, da porci delle domande intorno alla *liceità* di quella invenzione. Alle quali non è possibile rispondere se non affermativamente.

Quando Cipriani inventa don Gennaro, infatti, il destino del napoletano in Italia *factum est*. È stato piegato, incorporato nel nuovo disegno patrio, deprivato di qualsiasi prerogativa "nazionale" altra rispetto a quella definita da Torino. Il suo passato, già torbido e poco rassicurante di suo, è spogliato di qualsivoglia memoria di valore, e ormai si tratta di rieducarlo: "il Napoletano gli è d'un'indole ardente, irreflessiva, imaginosa come tutti i meridionali – e se ha dei pregiudizi, e se si vuole distruggerli, non bisogna prenderli di fronte – conviene sradicarli dal popolo a poco a poco coll'opera lenta ma sicura della civile educazione", come scriveva, all'indomani dell'impresa dei Mille, il giornalista milanese Leone Fortis, dando per scontati i "pregiudizi" dei meridionali ma con tutta evidenza non curandosi dei suoi.

Otto

Così insistente e pervasivo, dall'Unità in poi, è stato il messaggio sul ritardo e l'inciviltà dei meridionali, da sfociare alla fine in una specie di pensiero unico – e condiviso, se si considera la parte fondamentale che gli stessi intellettuali del Sud ebbero nella sua propagazione. Non soltanto i grandi esuli del decennio decisivo, da De Sanctis a Poerio, dagli Spaventa a Settembrini, furono sostanzialmente gli ascoltati "inventori" della questione meridionale, che fino ad allora di fatto non si era mai posta e meglio sarebbe stato se fosse esistita soltanto come elenco di singoli problemi da risolvere a uno a uno; ma, di più, di lì a un quarto di secolo i grandi sociologi e antropologi positivisti come Alfredo Niceforo arrivarono a teorizzare una inferiorità razziale dei meridionali, teoria subito recepita, per esempio, dalle autorità americane dell'immigrazione, che incominciarono a distinguere tra italiani del Nord e italiani del Sud, assegnando a questi ultimi, quando li intercettavano a Ellis Island, una sorta di livello intermedio tra il ceppo africano e quello europeo.

Quando è la scienza a sancire la tua inadeguatezza, poco altro ti rimane da fare. È inutile che ti sbatti, i tuoi sforzi per emanciparti saranno comunque vani, condannati all'insuccesso. La storia, del resto, sta lì a dimostrartelo in ogni momento: arrivano terremoti che ne ammazzano a decine di migliaia, l'emigrazione svuota i paesi, il lavoro non c'è, e tutto pare per sempre immutabile, a dispetto delle leggi speciali, dei fiumi di denaro pubblico, delle cattedrali nel deserto, delle denunce, delle invettive, dei lamenti degli scrittori. Mi pare che a poco a poco i meridionali si siano messi il cuore in pace, che si siano presentati all'alba del ventesimo secolo con l'intima convinzione di non essere all'altezza dei tempi nuovi, e con lo sguardo fatalmente rivolto al passato. Un atteggiamento particolarmente marcato presso i napoletani, che nel mondo di ieri potevano collocare ogni loro più favolosa ricchezza, a cominciare dal rango perduto di capitale.

C'è un testo di Ferdinando Russo che meglio di qualsiasi altro esprime questo strano sentimento di corrosiva malinconia e insieme di sfiducia nel futuro, e quel testo, del 1910, si intitola *'O luciano d' 'o Rre*. Luciano è il pescatore-marinaio abitante del borgo di Santa Lucia, di quel Pallonetto ieri e oggi poco raccomandabile e punto raccomandato e comunque da sempre sede dell'aristocrazia del popolo, dei più autentici e, se si deve dare credito a un'opinione assai radicata, anche dei più belli tra gli abitanti della città, come indirettamente confermano gli occhi verdeazzurri di tutti i parenti e discendenti del boss camorristico Michele Zaza e le parole di una popolare canzone di Luigi e Giuseppe Cioffi dedicata per l'appunto a quella fascinosa luciana che "passa e spassa", ornata di "scialle 'e lusso, / pettenessa", e che verrebbe voglia di "faticarsi" per una settimana, fino al momento topico, fino a quando uno la ferma, l'affronta e si dichiara:

Io nun ve cerco niente!
ma dateme 'o permesso:
ve do' nu vaso 'ncopp' 'a pettenessa!

Ma non lasciamoci distrarre dalla *pettenessa* della luciana – anno 1953 – e torniamo indietro a Ferdinando Russo. Nel suo poemetto, egli si figura dunque un vecchio marinaio di Santa Lucia intento a confrontare i tempi d'oggi con quelli di ieri, evidentissimamente migliori, un po' perché così è a priori, giacché "'o munno vota sempe e vota 'ntutto! / Se scarta 'o bello, e se ncuraggia 'o brutto!" – il mondo gira sempre e in tutto, si scarta il bello e s'incoraggia il brutto – e un po' perché a un'immediata verifica risulta che lì, proprio lì a Santa Lucia, i tempi nuovi hanno fatto sì che il mare, che prima si toccava con un dito, sia stato colmato per farci una strada. Tutto è cambiato e si fa perfino fatica a riconoscere i luoghi, dove sempre, fino a pochi anni prima, era una festa, un coro di voci diverse, uno scenario pittoresco e gentile sopra una rena dorata e una "abbondanza di cielo". Erano tempi d'ordine e di semplicità, anche, perché poi lì, proprio lì a Santa Lucia, non era così raro veder passare addirittura il re e la regina, s'intende i Borbone,

> e 'o Rre, ca tutte quante nce sapeva,
> quanta belle resate se faceva!...

Sorrideva benigno, il re. E del resto il luciano, che era stato dei suoi, imbarcato addirittura sul glorioso *Fulminante*, Ferdinando II l'aveva incontrato parecchie volte. Il re saliva a bordo e si rivolgeva ai marinai chiamandoli a uno a uno per soprannome; gli piacevano la caponata, il bicchiere di vino e, la cosa più importante, la conversazione in dialetto. Ma che vale rinverdire ricordi tanto dolci nella tristezza del momento, che vale rimpiangere ciò che si è perduto? Il luciano chiude la sua querela con l'amaro sarcasmo che è l'unica arma di cui ormai disponga:

> Quanno figlieto chiagne e vo' magnà,
> cerca int' 'a sacca... e dalle 'a libbertà!

Gli è cioè chiarissimo che la libertà, quel bene per cui tanto sangue è stato versato, è cosa illusoria e volatile, non può sfamare alcuno e di certo non riguarda il suo mondo, che di tutt'altro avrebbe un ben più urgente bisogno

Non credo di essere molto lontano dalla verità se sospetto che sfiducia e pessimismo, nel quadro più complessivo di una profonda sensazione di inadeguatezza, siano tornati a essere prevalenti nella città. E che forse, sotto sotto, non abbiano mai finito di esserlo se non per un brevissimo periodo. Lo scoramento ha fondamentalmente due possibili esiti: una rinnovata passività, innescata dalla convinzione che nulla sia possibile fare per trarsi d'impaccio; o una forma più inquietante di autolesionismo, che parte dalla medesima convinzione ma, anziché fermarsi a questa deprimente cupezza, si ribella a se stessa e ha bisogno di sfogarsi rabbiosamente, di invocare roghi e processi, punizioni umane e divine, pubblici sputtanamenti e immaginifici contrappassi, così, senza contropartita, com'è per il puro gusto che può provare il corpo imbolsito di un adulto sovrappeso nel tornare ad accasciarsi sulla poltrona dopo aver espettorato tutto il veleno che lo opprimeva e poter finalmente affermare, mentre un piccolo grumo di sputazza gli si è consolidato a un angolo della bocca: questo, e nient'altro, ci meritiamo.

È un modo efficace e sperimentato di perder tempo e, presso certi ambienti, anche di piegare a puri giochi di potere le situazioni di crisi: eludendo i veri problemi, ma provvedendo a far mancare la terra sotto i piedi di quelli che sembrano portarne la responsabilità. L'autodafé placa per un momento gli animi: giustizia è fatta, vivaddio. Poi, dopo un po', ci si guarda intorno e si scopre che tutto è come prima. Sicché il nostro cammino non è la registrazione di progressive conquiste, bensì la proclamazione di successivi fallimenti, esattamente come sta accadendo con la faccenda dei rifiuti, cui nessuno, per adesso, ha saputo porre riparo.

(Mi sembra a volte di avere almeno tremila anni. Di aver bisogno di una curetta ricostituente. Me li sento tutti addosso. Mi pesano, ma anche mi donano. Quando è aria di scirocco, mentre le femmine escono pazze, mi alzo con una corona di spine intorno alla testa e mi raggrumo come un panzarotto immobile. Si mette il libeccio e mi riprendo. Fermo come un totem o un menhir, sfido il vento. Che poi muore, e l'aria è pura e allora mi rimetto in cammino, temprato a tutto. Da quando c'è memoria, ero già qui e ci resterò per sempre.)

Ma se nelle Indie di quaggiù è soltanto una sensazione di inadeguatezza a indurre un comprensibile scoramento, altrove è la certezza granitica dell'inferiorità napoletana e, più in generale, meridionale. L'Italia repubblicana seppe mettere la sordina al pregiudizio antimeridionale per oltre quarant'anni, per tutto il tempo della Democrazia Cristiana. Poi, è stato come se un tappo venisse rimosso e un ribollire di pensieri che nessuno osava pensare in pubblico si fosse ritrovato improvvisamente in libera uscita, e addirittura formasse il nucleo primario della elaborazione politica di un nuovo partito di successo – nel profondo Nord. A mano a mano che si avanzavano istanze secessionistiche, o che si invocava il federalismo non già, etimologicamente, come patto di rinnovata alleanza e mutua assistenza, come nel *foedus* latino, bensì in quanto grimaldello di nuove, totali e separate autonomie, nella testa dei meridionali d'Italia si è acuito un senso di malessere, la consapevolezza di una distanza crescente, e del resto puntualmente documentata dalle statistiche. E se bisogna dire che il Sud non è tutto uguale, e che vi sono province e regioni cui non sembra più opportuno applicare un marchio di insuperabile sottosviluppo, resta pur vero che proprio Napoli ha invece finito per sentirsi nella condizione più drammaticamente arretrata: percependosi, giusto con la compagnia di un po' di Calabria e di Sicilia, come il vero e unico epicentro di quel che resta della questione meridionale.

Penso a come se la riderebbero Ferdinando II e il suo fedele luciano. *'A libbertà 'e soreta, tiè.*

Sicché ancor oggi, in questo paese meravigliosamente folle che è l'Italia, succede che, accanto all'invenzione della Padania, cui ben si adatterebbe la celebre definizione di Metternich essendo essa da sempre una pura e semplice espressione geografica, si rifacciano avanti, con assai minor clamore e ridottissime possibilità di affermazione, le storicamente più fondate nostalgie nei confronti di quella che per quasi otto secoli è comunque stata la più grande e unitaria compagine statale della penisola: il Regno di Napoli. Gli ideali neoborbonici sono appartenuti finora più al folklore che alla politica. Curiosamente e contraddittoriamente, anzi, a propugnarli sono stati per lo più improvvisati intellettuali vicini alla destra di intonazione nazionale, nel senso di *italiana*, dimodocché l'intera faccenda, scarsa apparendo la volontà di porla in termini separatistici, si è più che altro risolta nella generica necessità di un recupero dell'onore perduto. Onore al vituperato soldato napolitano, a quell'esercito che nel 1860 si squagliò sotto l'impeto di poche migliaia di scalmanati sbarcati con l'inganno a Marsala, ma che poi, almeno alle ultime, romantiche e ormai inutili difese di Messina, Gaeta e Civitella del Tronto, seppe ritrovare un eroico, perché ormai totalmente disinteressato, orgoglio patriottico. Di questo si canta ogni anno quando proprio al forte di Gaeta si rievocano quelle lontane pagine di storia sotto lo sguardo benevolo degli ultimi discendenti della dinastia dai gigli dorati. Onore da ritrovare e, inoltre, revisione storica da effettuare nei confronti della repressione del brigantaggio, che i neoborbonici puntano a riclassificare, nei libri di testo in uso nelle scuole, al livello di vera e propria guerra civile.

Non vedo grandi probabilità di successo nemmeno per questi obiettivi minimi. Su tutta la questione continua a gravare il peso oggettivo della totale mancanza di protagonismo politico del vecchio Regno di Napoli. Pensava il pigro Re Borbone che la sua patria godesse in perpetuo di due formidabili difese: il mare e il cielo. Pensava ancora così nell'epoca delle navi a vapore e dell'anticlericalismo massone. Sappiamo come andò a finire: Garibaldi arrivò in Sicilia a bordo del *Piemonte* e del *Lombardo*. E Vittorio Emanuele non ci pensò due volte prima di violare il "cielo", cioè il territorio dello Stato Pontificio, per piombare da Nord su Teano. In capo a pochi mesi si dissolveva, senza alcun preavviso, il più antico degli stati italiani. Ma dietro la fine sensazionale delle Due Sicilie – una vicenda storica davvero straordinaria, la cui esatta dimensione è quasi del tutto ignota agli italiani – c'è dunque soprattutto questo modo arcaico di considerare la geopolitica. Non c'è il coraggio di sfidare il vecchio ordine, c'è la mancata intraprendenza, c'è l'adattarsi a una prospettiva ritenuta immutabile e che però muta. E che diamine! Siamo stati lì per ottocento anni e mai che abbiamo invaso, non dico molto, ma almeno la Repubblica di Ragusa, o (quando i Veneziani avevano già sloggiato) un po' di Grecia. La Repubblica di Genova aveva i giorni contati quando sentì il bisogno di aprire una sede diplomatica negli Stati Uniti d'America. E con quello stesso paese trafficavano di più il Granducato di Toscana e il porto di Livorno che il Regno delle Due Sicilie e i porti di Napoli e Palermo. Abbiamo sopportato per secoli e secoli i pirati barbareschi, e sul più bello, quando ormai della Turchia nessuno aveva più alcun timore, non siamo riusciti neanche a farci una gita in Tunisia o in Libia. Nel 1828, un blocco navale davanti a Tripoli, un cannoneggiamento del tutto inoffensivo da distanza di sicurezza, e poi, esaurite le munizioni, il rientro a Napoli. Vent'anni addietro, nella loro primissima guerra imperialistica a difesa delle rotte commerciali nel Mediterraneo, gli americani in Tripolitania c'erano addirittura sbarcati, e ancora serbano memoria di quell'impresa nel loro inno nazionale.

Schiavismo a parte, ci sono diversi punti di contatto tra la sorte delle vecchie Due Sicilie e quella dei Confederati del Nordamerica. Intanto, l'epoca: quegli anni Sessanta dell'Ottocento che per entrambi segnano la catastrofe. E poi l'atteggiamento complessivo di fronte ai loro reciproci avversari, il Piemonte e l'Unione. Dalla parte dei nordisti, pragmatismo, innovazione tecnologica, ragioni del mercato, spregiudicato lavorio diplomatico e mediatico. Dalla parte dei sudisti, gli obblighi di un certo codice cavalleresco, un'economia dai ritmi più arcaici, l'incapacità di controbattere con efficacia alla propaganda del nemico. Quando Napoli cade, già da quasi dieci anni è bollata nel mondo, con il suo governo, come "l'incessante, deliberata violazione di ogni diritto; l'assoluta persecuzione della virtù congiunta all'intelligenza, fatta in guisa da colpire intere classi di cittadini, la perfetta prostituzione della magistratura [...], la negazione di Dio, la sovversione d'ogni idea morale e sociale", secondo la celebre definizione di William Gladstone. L'Inghilterra ha già scelto un avvenire per l'Italia; e di lì a poco l'abile e aggressivo gioco diplomatico di Cavour, dopo l'invio di truppe sarde alla guerra di Crimea, saprà guadagnarsi anche il benevolo appoggio della Francia. Le Due Sicilie restano del tutto isolate, e non c'è che dire: sepolte sì sotto una montagna di menzogne o di mezze verità, ma prima di tutto annichilite dalla propria incapacità di difendersene.

Anche oggi, di fronte alla spettacolare figuraccia che Napoli ha fatto e continua a fare nel mondo, si stenta a rinvenire una autentica voglia, o capacità, di riabilitazione. Ho parlato di autolesionismo, ma potrei anche dirlo masochismo. Il meccanismo dell'autofustigazione è così forte da escludere ogni possibilità di orgoglio residuo, da giudicare vano, ridicolo o addirittura provocatorio qualsiasi tentativo di venirne fuori. La politica è nell'occhio del ciclone, la parola "dimissioni" è la più pronunciata, il vuoto ulteriore che ne verrebbe fuori non sembra preoccupare alcuno. E naturalmente tutto ciò che alla politica è in qualche modo collegato, e perfino le sue poche realizzazioni indubitabilmente positive, lo si vorrebbe veder andare ugualmente a fondo. Compreso, per esempio, il museo d'arte contemporanea di Donnaregina, il MADRE, creatura di Bassolino, che ha avuto l'ardire di farsi pubblicità sfruttando proprio il collegamento possibile tra arte e rifiuti: tra gli inquietanti cumuli di sacchetti e gli stracci di Pistoletto o la merda d'artista di Manzoni o, in particolare, un assemblaggio di materiali eterogenei che Robert Rauschenberg realizzò proprio a Napoli dopo un'incursione in discarica. "Pigliateve 'sta munnezza" è l'ardito *payout* dell'inserzione comparsa sui principali quotidiani, per ricordare agli eventuali turisti che c'è anche un'altra Napoli oltre a quella della spazzatura; e naturalmente, come del resto voleva, innesca sanguinose polemiche, specialmente nel minuto mezzomondo dell'arte cittadina, una numerosa stirpe di "operatori", di talenti incompresi al di là del Vomero i quali rivendicano spazi assistiti e garantiti per celebrare degnamente il genio autentico di Napoli contro la prepotente colonizzazione dell'arte straniera. A ben guardare, è l'invidia (*'a 'mmiria*) il grande catalizzatore universale dell'inadeguatezza napoletana. E, insieme, la faccia più becera del conformismo del ceto medio, quello stesso che, una volta accertata la chiara fama nazionale o internazionale di un qualche figlio di Partenope fino a un momento prima ritenuto una vera pippa e criticato aspramente anche per il più banale dei motivi, è pronto a decretarne l'intangibilità, e anzi quasi la dimensione di nuovo messia. Il credito guadagnato fuori fa sì che il profeta possa essere considerato tale anche in patria, in un processo di accettazione totalmente acritica, o piuttosto completamente fideistica, ovviamente predisposto a fare rapidamente il percorso inverso al primo stormir di fronde.

Succede allora che una scelta certamente discutibile, e purtuttavia dettata dalla volontà di far fronte a un prevedibile calo dei flussi turistici, come quella di farsi una simile pubblicità, valga da sola ad affondare tutto il resto, cioè anche il museo nel suo insieme, del quale si arriva a criticare la segnaletica, o il fatto che durante una visita una sala era chiusa, o che al bar-caffetteria i piatti pronti erano freddi. Chi ha l'abitudine di visitare i musei sa che è quasi la norma trovare sale chiuse per lavori di restauro o riallestimento o simili. L'ultima volta che sono stato al Whitney, a New York, due piani erano chiusi, ma naturalmente se mi fossi inalberato e avessi chiesto il risarcimento del biglietto d'ingresso sarei stato giudicato un pazzo. A Napoli pare invece che non sia possibile transigere, e ne traggo una preziosa indicazione di metodo. Domani, se e quando come dio vorrà ci saremo rimessi in pari, bisogna che ci ricordiamo che a noi nessuno è disposto a fare sconti. Che siamo obbligati a fare in modo che le nostre cose funzionino meglio che ad Amsterdam o a Stoccolma, proprio perché abbiamo quest'erta china da risalire, e ci s'impone un dovere di affidabilità anche soltanto apparente che altrove non è richiesto. Pena, la permanenza dello stereotipo, e la rassicurante perpetuazione dello stesso. Come raccomanda il mio amico Lucio Rufolo, noi napoletani dobbiamo finalmente capire che se diciamo: "Stammo senza fatica" ci piglieranno per camorristi; ma se articoliamo un professionale "Registriamo un calo momentaneo delle commesse", la nostra managerialità sarà fuori discussione.

L'impazzimento è del resto generale. Mentre fa strame dei poveri tibetani, la Cina, vale a dire il maggior esportatore mondiale di prodotti falsi e adulterati, blocca le importazioni di mozzarella di bufala campana. C'è come un cordone sanitario a separarci dal mondo, eppure nei ponti del Maggio dei monumenti i turisti arrivano numerosi, e l'emergenza è tutt'altro che risolta, anzi, sta di nuovo complicandosi: ventimila, venticinquemila, trentamila, quarantamilamila tonnellate per le strade, e la resa sostanziale dell'ennesimo commissario straordinario, e impavide come sempre le proteste di chi non vuole le discariche, ieri Pianura oggi Chiaiano, e gli esperti delle assise di palazzo Marigliano – li si potrebbe dire il commissariato ombra

– che continuano a ripetere che no, in provincia di Napoli c'è troppa gente e troppo poco spazio per farci una grande discarica, e bisogna farla in alta Irpinia, sessantuno abitanti per chilometro quadrato, situazione ideale; e i fieri montanari irpini a obiettare: ma che cazzo, voi ve ne siete andati in città, avete goduto di tutti i vantaggi della città, non ci avete mai cagati neanche di striscio, però adesso le castagne dal fuoco dobbiamo togliervele noi, noi che in questi nostri paesi sperduti ci siamo rimasti pagando tutti i prezzi che dovevamo pagare...

È il 14 maggio, un mercoledì, e il nuovo premier Berlusconi afferma che la vicenda dell'Alitalia non lo preoccupa nemmeno un po'. Quella dei rifiuti in Campania, però, quella non lo fa dormire. Pochi giorni, e a Napoli arriva il Governo. L'antica capitale è una provincia riottosa e quella di Berlusconi è come una visita *ad limina*. La direzione è sempre la stessa: da Nord a Sud. Al Nord si decide, al Sud si obbedisce. Forse.

Nove

La Campania è una regione plurale. Il suo connotato saliente è l'opposizione tra due mondi inconciliabili: la costa e l'interno. Tutta la vicenda campana si svolge nei secoli e nei millenni all'insegna di questa insanabile dicotomia, e si può dire che anche i problemi di oggi – la munnezza che in città non si vede e che appena fuori aumenta a dismisura – ne siano in buona parte il portato. Lo scontro fra Greci ed Etruschi del 474 a.C. è il primo esempio documentato della frattura. A esso fa seguito la difficile convivenza tra le colonie elleniche marine e le successive città italiche, tra queste e i Romani e, ancor più drammaticamente, nell'età di mezzo, tra Bizantini e Longobardi: quattro secoli di mobili incerti confini, di scorrerie e devastazioni, di effimere conquiste e rapide catastrofi lungo l'"osso" appenninico, quella vasta *no man's land* che ancor oggi si incontra tra le distese agricole a perdita d'occhio della Capitanata foggiana e le vette meridionali dell'Irpinia. Un territorio in cui indefinito è persino lo spartiacque tirreno-adriatico, che s'incunea secondo linee capricciose a est e a ovest, e fa sì che l'Ofanto, destinato a sfociare presso Barletta, corra per il suo primo tratto quasi di conserva al Calore che poi, gettandosi nel Volturno, porterà le sue acque nel Tirreno, poco a nord di Napoli.

In quel Medioevo la linea di faglia tra i due mondi campani si approfondisce ormai senza più rimedio, e forse è allora che si formalizza in una definitiva presa di distanza antropologica e culturale prima ancora che geografica. Dentro, sui monti e nelle valli, l'elemento ancestrale s'è ormai compromesso con quello germanico: Sant'Agata dei Goti, Sant'Angelo dei Lombardi, Guardia Lombardi, Torella dei Lombardi sono toponimi che rinviano a una precisa vicenda storica. La costa invece continua a essere un mondo eminentemente mediterraneo, un mondo di contaminazioni che comprendono apporti arabi, ebraici, e poi turchi, e dalmati, e iberici: è molto istruttiva al riguardo la lettura di certe commedie mistilingui di Giambattista della Porta, che ci presentano il variegato mondo del mandracchio napoletano in termini che paiono quasi la copia conforme dei loro equivalenti veneziani.

Le contaminazioni per certi versi non presuppongono una drammatica ridefinizione del carattere indigeno, ma è come se fossero successivi depositi che si accumulano sul vecchio, e resistentissimo tronco greco. Si verifica il paradosso di due mondi distinti, uno dei quali in modo incommensurabile più aperto e dinamico – traffici, commerci, gran viavai di forestieri – ma anche fatalmente conservativo in virtù della propria troppo rilevata identità originaria. L'altro, invece, che pure registra per almeno tre-quattro volte la drammatica sostituzione in sequenza storica dell'elemento originario, alla fine resta preda della sua selvatica marginalità, una landa difficile da decifrare, una mentalità che non riesce a recuperare una precisa autonomia culturale, un mondo senza virtù apparenti, tale da essere assimilato a quello dominante (il napoletano) senza mai esserlo stato per davvero.

Traiettorie storiche molto differenti: unificate da un certo punto in poi dalla comune pertinenza a un unico grande regno, e ridistinte di nuovo nel momento in cui i baroni sparsi nel vasto entroterra, e spesso titolari di un potere reale troppo indipendente da quello del sovrano, finiscono per essere richiamati a Napoli, e per disertare le loro terre, per trattarle di lontano come colonie d'oltremare affidate alle cure di rapaci intendenti, sotto un tallone di ferro che ne livella vocazioni e risorse, che fa di ogni abitante un cafone cui unica risorsa residua sarà – ma soltanto molto più tardi – la possibilità di andarsene via, di scegliere l'America come teatro di una rinascita umana che è anche la sua prima nascita civica.

Nell'Italia padana ma anche in ampie porzioni di quella mediana si trovano piccole capitali sontuose, centri d'irradiazione della cultura, luoghi di elaborazione di linguaggi artistici ogni trenta-quaranta chilometri: questo è l'intervallo spaziale che separa Parma da Modena, Modena da Mantova, Mantova da Ferrara, o Pisa da Lucca e Lucca da Firenze e Firenze da Siena. Nel Mezzogiorno, oltre Napoli, una terra incognita: bisogna passare il Faro, e spingersi fino a Palermo, per trovare un'altra città degna di questo nome.

E allora, che cos'è che può tenere insieme due realtà così diverse? Qual è il tenue collante regnicolo che permette di designare come "napoletani" il lucano e il calabrese, il sannita e l'apulo, il dauno e il peuceta?

Due film come *Leoni al sole* e *I basilischi*, l'uno di mare, l'altro di terra, lo individuano con una perspicuità sorprendente. Quel collante è l'accidia. Origina e si perfeziona da condizioni differenti, si esprime anche con linguaggi differenti – l'uno falsamente aristocratico e mondano, l'altro fatalmente micro-borghese e provinciale – ma sempre accidia rimane o, per dirla con le parole del poeta Franco Arminio, il sentimento prevalente di un ex tubercolotico che, guarito, decida di rimanersene al chiuso rassicurante del suo sanatorio, dove ogni gesto dà il conforto della ripetizione e il calore dell'ovvietà.

Arminio è tra i fondatori di unibis.org, la "Prima Università degli Accidiosi" con sede sulla piazza di Bisaccia, in Alta Irpinia, e incerte ramificazioni nella Rete, articolate fino a un certo punto, e quasi mai aggiornate perché altrimenti poco avrebbero a che fare con le cogenti ragioni dell'accidia, le quali impongono un certo risparmio nella elaborazione di idee, iniziative, sistemi filosofici troppo complicati. In unibis.org, Arminio risulta docente di Teoria e Tecnica della Passeggiata all'interno del Corso di Laurea in Fenomenologia del Tempo Libero della Facoltà di Scienze della Distrazione. Altri insegnamenti sono quelli di Elementi di Songwriting Svogliato (docente Duccio Battistrada), Etiche dell'Incanto (docente Davide Mastrullo), Ergonometria della Panchina (docente Vito Nicoletta) e Fenomenologia dello Speranzone (docente Gianfranco Frascione). È intuitivo il senso di alcuni di questi insegnamenti. Per esempio, Songwriting Svogliato assume a capisaldi della moderna composizione musicale testi come *Bad Boy* dei Jive Bombers, *The Boxer* di Simon & Garfunkel e *Can't Get You Out Of My Head* di Kylie Minogue, tutti e tre per via dei versi che hanno in comune e che fanno press'a poco "la-la-la-la-la-la". Ed Ergonometria della Panchina ruota intorno all'individuazione dell'aureo parametro poplite-suolo. Qualche curiosità può essere destata proprio da quello "Speranzone". Si tratta in realtà di "un individuo che, a discapito del nome, non spera assolutamente in nulla", la cui esistenza "è caratterizzata dal perfetto immobilismo, assenza di qualsivoglia progetto di vita tranne il soddisfacimento degli istinti vitali primari". Al confronto, il tolemaico di Gottfried Benn impallidisce.

Ma il punto in cui il rapporto spazio-tempo presupposto dalla pratica quotidiana dell'accidia coglie il suo vertice assoluto è proprio la passeggiata. Arminio ne è un teorico accanito, e sa praticarla in tutte le sue forme. Attentissimo scrutatore della realtà che lo circonda, capace di registrarne, annotandoli, anche i più tenui mutamenti, ha posto l'accento sulla speciale prossemica dei passeggiatori. "C'è chi sta sempre al centro, c'è chi chiede la parola e non la ottiene, c'è chi si ferma cercando altri compagni, chi si stacca dai compagni e poi ritorna. Notare le mani dei passeggiatori, notare il maneggiare verso gli altri, verso il cielo. Notare la testa dei passeggiatori: bassa, mobile, inclinata."

Bisaccia è uno di quei paesi che hanno vissuto nel 1980 il trauma del terremoto e che hanno avuto in sorte un destino di delocalizzazione. C'è una bella, a tratti bellissima Bisaccia Vecchia, sostanzialmente disabitata, e ce n'è una nuova che la gente continua a chiamare Piano Regolatore. In questa non scelta onomastica si può scorgere tutta intera la diffidenza e insieme la credulità nei confronti di una soluzione calata dall'alto, come del resto dall'alto paiono calate certe realizzazioni architettoniche da brivido che la decorano, prima fra tutte una chiesa cui si potrebbero applicare dei potenti motori per favorirne il decollo verticale e dunque il ritorno alla strana galassia da cui pare giunta, essendo tale e quale un'astronave. La Bisaccia vera offre terrazze panoramiche affacciate sulla vastità di uno scenario che arriva fino alla piana del Tavoliere e alla città di Foggia, punteggiato a più breve distanza dai paesi pugliesi di Anzano, Accadia e, ricamato su un colle a forma di cono, Sant'Agata. È per l'appunto uno scenario continentale, e sia pure di questo breve continente che a guardarlo sulla carta geografica si rivela per quello che in fondo, più modestamente, è: un lungo dito di terra tra due mari, tre se ci mettiamo pure lo Ionio. Ai fini dell'accidia, però, è simile ad altri scenari che nel Sud, nella Campania, si aprono allo sguardo a ogni passo.

Penso alla vista incomparabile che si può godere dai giardini dei grandi alberghi di Ravello, una vista che inquadra il mare della costiera amalfitana verso Minori e Maiori fino a Capo d'Orso, comprendendo i ripidi picchi di montagna che la sovrastano, e giù tutti i dettagli di chiese palazzi giardini ville scalinate... Mi accadde una volta di pranzare a Ravello, proprio davanti a quella vista, con il regista Wim Wenders, che di quel panorama mi parlò in termini negativi. Sì, è ovvio, riconosceva la bellezza di quanto gli si apriva davanti agli occhi, eppure se ne sentiva schiacciato, annichilito. Tutto era così perfetto, e così "pieno", da risultargli immodificabile, dunque – lui non disse la parola, ma il senso era senz'altro questo – di fatto come morto. Questa è una cosa di cui noi meridionali troppo spesso non ci rendiamo conto: che tanta parte di ciò cui attribuiamo il maggior carattere di vitalità, di colore e suono della vita, della vita vissuta, la vera piena con cui ci assale in una evidenza palpabile e quasi travolgente, in realtà non c'è, o è divenuto pura apparenza, o almeno vano gioco di falsi movimenti. Dove vanno le migliaia, i milioni di motorini che sciamano per ogni viale, strada, vicolo o strettissimo àndito della città di Napoli? Che cosa produce questa frenesia che non si placa nemmeno a notte fonda? Che cos'è questo sferragliare, questo martellare, questo sfrigolare e sibilare se non un colossale girare *a bacante* (a vuoto), e come l'animata messinscena di un presepe che ripete i suoi effetti speciali di realismo solo che venga azionato l'interruttore giusto? In realtà, nessuno sta veramente muovendosi, nessuno sta veramente producendo, nessuno sta veramente facendo qualcosa. Ci sta provando, magari, ma lui per primo mantiene grosse riserve sull'effettiva efficacia di quel movimento, e soprattutto sul senso complessivo di quei gesti, sulla stessa possibilità che abbiano un qualche senso. Il meccanismo è intensamente corale e insieme celibe, e non s'inceppa per il semplice motivo che è esso stesso un inceppo.

Mi rendo conto che questo si potrebbe in qualche modo dirlo di tutta l'Italia, e suonerebbe conferma del famoso sonetto di Vincenzo Filicaia, dove, lamentandone la diabolica capacità di provocare danni, si canta il "dono infelice" della bellezza che l'Italia s'ebbe in pericolosa dote nei tempi dei tempi:

> Italia, Italia! O tu, cui feo la Sorte
> dono infelice di bellezza ond'hai
> funesta dote d'infiniti guai,
> che in fronte scritti per gran doglia porte;
> deh! Fossi tu men bella o almen più forte,
> onde assai più ti paventasse, o assai
> t'amasse men chi del tuo bello ai rai
> par che si strugga, e pur ti sfida a morte!

Da questo dono fatale potrebbe derivare, per una forma di imbarbarimento progressivo cui non credo sia estranea una perniciosa influenza straniera, la capacità, che oggi si direbbe conseguita in sommo grado, di stravolgerla, quella bellezza, di farne polpette. In una qualche misura, è naturale che la modernità sia nemica della bellezza: tende ad addomesticarla, a ridimensionarla privilegiando l'utile e lo strumentale rispetto a ciò che, essendo soltanto bello, serve a poco. In ragione di questa opzione "funzionale", che già nel Medioevo fece fuori i boschi, è stata per esempio liquidata, in tempi recenti, la bellezza veramente sublime di larghissime porzioni del Veneto.

Nel Sud, e in particolare in Campania, il risultato che si è conseguito è stato spesso il medesimo, ma per arrivarci si sono battuti percorsi assai più tortuosi. Essenzialmente, cioè, temo che il brutto abbia sopravanzato il bello, l'abbia scalzato e sostituito più che altro in ragione di un equivoco di fondo: che cioè servisse a rendere ancora più bello ciò che c'era prima. È un risultato che spesso si consegue nei paesi del sottosviluppo. Si ritiene che una casa più grande sia per forza di cose più bella di una casa piccola; che un gran vialone alberato sia più bello di un antico budello senza luce. Non è sempre stato così? E, proprio qui, quante meravigliose basiliche gotiche e romaniche sono state stravolte dalle maniere controriformate? Si dirà: ma quello era un pensiero forte, non un movimento spontaneo e incontrollabile, bensì lo spirito del tempo, qualcosa di fondato su solide basi teologiche, filosofiche, estetiche. Pure, è la memoria atavica della bellezza il motore che nel Sud distrugge la bellezza. L'Italoamerica è per esempio un mondo in cui si pregia di continuo l'innato senso estetico degli italiani – dico quelli di ogni giorno, di Astoria e di Bensonhurst. Come già scriveva Michael Gold all'inizio del '900 in *Ebrei senza denaro*, quel fantastico affresco del Lower East Side di Manhattan crogiuolo infernale delle genti più varie portate dall'emigrazione, gli italiani, i poverissimi italiani che abitavano case come formicai in quartieri malfamati e puzzolenti, quegli italiani che poi erano tutti meridionali, gente di mustacchio e coltello a serramanico, oltre che di pala e piccone; gli italiani erano dunque gli unici tra gli abitanti di quei miserabili quartieri-mondo ad avvertire l'esigenza di salvare un penny per comprarci un vaso di fiori e metterlo sull'unico davanzale dei loro squallidi abituri. Provo un moto di commozione indicibile al ricordo di una semplice circostanza come questa, e riconosco la mia gente, la sua profonda e indomabile natura che resta estetica e contemplativa a dispetto di tutti gli orrori che l'hanno afflitta.

Dieci

Emanuele Gianturco (1857-1907) fu un eminente giurista e uomo politico lucano della fine dell'Ottocento. A Napoli il suo cognome è diventato un toponimo che corrisponde a una strada, a una stazione della metropolitana e, nella comune opinione, a un vasto quartiere dai confini incerti alla periferia orientale della città, press'a poco tra le prime propaggini di San Giovanni a Teduccio, la grossa frazione costiera che fino al fascismo era un comune autonomo, da Totò denominato Saint-Jean-à-Tedouche, e lo storico ponte della Maddalena, dove una statua di san Gennaro, mitra in capo e braccio destro levato in atteggiamento mosaico, si rivolge al Vesuvio per ordinare alle sue lave di fermarsi.

La cosa più nota che esistesse da queste parti erano una volta i Granili, cioè i magazzini borbonici del grano diventati dopo la Seconda guerra mondiale un rifugio di dolentissima umanità cui è dedicato un toccante capitolo del più famoso libro di Anna Maria Ortese, *Il mare non bagna Napoli*. Oggi è invece il capannone dismesso in cui s'è installato un famoso centro sociale che si chiama Officina 99, e ribolle di attività più o meno antagonistiche, la più celebrata delle quali è sicuramente quella musicale (99 Posse). Per il resto, il solito desolato paesaggio di tutte le periferie un tempo industriali: fabbriche abbandonate, grandi anonimi magazzini, piramidi di container di merci cinesi; di giorno un continuo andirivieni di camion e Tir, di sera tante puttane, e sempre tutti i segni dell'abbandono tra cui, fino a qualche giorno fa, una barricata, un bastione, una diga d'immondizia lunga venti metri e alta due, giusto di fronte alla bassa palazzina in cui ha sede il MARS.

Il MARS, cioè Microgravity Advanced Research and Support Center, esiste a Napoli dalla fine degli anni Ottanta del secolo scorso ma non sono in moltissimi a essersene accorti, forse perché nel frattempo ha collezionato una serie di indirizzi che più eccentrici non si sarebbe potuto. Nacque da un'idea del professor Luigi Gerardo Napolitano (che alla facoltà di ingegneria aerospaziale insegnava aerodinamica) come consorzio di ricerca tra due partner al 50 per cento: l'università Federico II e Aeritalia, una società di Finmeccanica che ha poi cambiato nome diventando Alenia. Nel corso del tempo sono seguite varie vicissitudini, fino a quando il MARS è diventato una semplice SRL, interamente di proprietà di Telespazio, la joint venture tra Finmeccanica e Thales che è leader nei servizi satellitari. Il MARS non è uno di quei carrozzoni che possano risvegliare chissà quali appetiti politici: ci lavorano una quarantina di persone che arrivano alla cinquantina se si aggiungono gli assunti "a progetto", e si è sempre sostenuto grazie a contratti con le agenzie spaziali italiana ed europea (ASI ed ESA) e con la NASA, e non a finanziamenti pubblici: quelli non sono mai arrivati. Queste caratteristiche sono pressoché uniche in Europa, dove il MARS è stato la prima struttura del genere, e oggi è rimasta la sola privata.

Il 7 febbraio 2008, da Cape Canaveral è stato lanciato nello spazio, a bordo dello shuttle, il Columbus, il laboratorio europeo pressurizzato, una specie di grosso cilindro sei metri per quattro, con tre astronauti a bordo, nel quale verranno eseguiti esperimenti di fisica dei fluidi, scienza dei materiali, biologia e medicina. Il laboratorio è stato agganciato alla Stazione spaziale internazionale, lo shuttle è rientrato sulla Terra e per il MARS è incominciata la fase di lavoro più importante.

«Noi qui a Napoli» mi dice Gigi Carotenuto, il fisico responsabile della ricerca, «siamo i responsabili dell'FSL, cioè Fluid Science Laboratory, una strumentazione molto complessa che sta a bordo della stazione e che permette di compiere esperimenti in fisica dei fluidi in condizioni di microgravità.»

«Che esperimenti?»

«Be', intanto, esperimenti di scienza pura, di quelli che uno si chiede: a che servono? E gli si risponde: niente, a capire le leggi della natura.»

«Per esempio?»

Carotenuto fruga tra le carte che ingombrano la sua scrivania, poi rinuncia; digita qualcosa sul suo lap-top e arriva all'immagine di una superficie su cui si indovina il regolare disegno di una specie di alveare.

«Per esempio sulla *pattern formation*, ossia la generazione spontanea delle forme: qui, ecco, c'è dell'olio in un contenitore, sta bollendo e la superficie ha disegnato quello che vedi. Oppure» (ancora un frugare tra le carte, e poi un tornare al lap-top e alle sue immagini) «il *geo-flow*, un esperimento proposto dall'università tedesca di Cottbus: abbiamo due sfere concentriche, una delle quali ruota rispetto all'altra, e nell'interstizio mettiamo dell'olio; applichiamo una differenza di temperatura e di potenziale elettrico tra le due sfere e vediamo che succede. In questo modo otteniamo un modello di ciò che avviene nel nucleo esterno della Terra, che poi, malgrado il nome, è molto profondo ed è quello che circonda il nucleo solido interno, diciamo più o meno tremila chilometri sotto i nostri piedi.»

Il gemello dello FSL sta lì, a pochi metri da noi, incastonato in un rack al di là del vetro che chiude la "camera pulita", dove si entra bardati come in una sala operatoria, per evitare contaminazioni pulviscolari. Troneggia muto e per me incomprensibile. Potrebbe essere una caldaia, o la centralina di un impianto voci. In realtà è, per l'appunto, l'esatta replica dell'apparecchiatura che sta orbitando intorno al pianeta, e che da qui, da Gianturco, viene seguita ora dopo ora, attimo dopo attimo in un altro stanzone pieno di schermi giganti e di computer disposti l'uno accanto all'altro su quattro file. Un posto di quelli dove non ti meraviglieresti se a un certo punto risuonasse una voce: «Houston, abbiamo un problema».

Si chiama *remote control* e, mi spiega Carotenuto, «è una procedura nella quale abbiamo una notevole esperienza ed elevate competenze, e che la NASA e l'ESA, cioè gli enti spaziali americano ed europeo, hanno deciso di implementare per avere subito a disposizione quei dati che un tempo diventavano disponibili soltanto dopo il rientro a terra delle navicelle.»

Il MARS di Napoli è una delle quattro strutture principali collegate con il centro di controllo della missione spaziale, che sta a Oberpfaffenhofer, in Baviera. In rete col MARS ci sono dunque il Cadmos di Tolosa, il MUSC di Colonia e l'Erasmus di Noordvijk, in Olanda, strutture tutte pubbliche; della rete fanno inoltre parte altri cinque centri "minori" dislocati in Danimarca, Norvegia, Svizzera, Spagna e Belgio, anch'essi di proprietà pubblica. Questi centri costituiscono il *ground segment* di un vasto scenario scientifico e tecnologico, e completano il quadro dei commissionari dell'ESA, nel quale rientrano anche le industrie manifatturiere che devono produrre l'hardware, tra cui gli strumenti su cui si dovranno compiere gli esperimenti proposti. Perché, particolare importante, sono i centri a proporre gli esperimenti: l'ESA pubblica periodicamente i suoi annunci sulle opportunità che si creano nell'ambiente, e poi sceglie tra le varie proposte che gli arrivano. «E noi» spiega Carotenuto «siamo per l'appunto una società alla quale l'ESA si affida, stipulando un contratto. Tutto senza santi in paradiso né manovre politiche. Una soddisfazione.»

Gigi Carotenuto, laureato a Napoli in fisica delle alte energie, alla metà degli anni Ottanta viveva a Ginevra, dove andava perfezionandosi al CERN grazie a contratti annuali di ricerca. «A un certo punto venni a sapere dell'iniziativa che avrebbe portato alla fondazione del MARS. Mi parve da subito una bella sfida, fui catturato dall'idea di partecipare alla costruzione di un centro del genere a Napoli. Sicché mi proposi nel modo a me più consono: inviai un semplice curriculum del cui esito ero il primo a dubitare. Invece, il professor Napolitano mi prese. E nel 1987 tornai nella mia città, dove conseguii anche un Ph.D. in ingegneria aerospaziale. Da allora, questa è sempre rimasta una sfida. Abbiamo fatto un numero impressionante di esperimenti, nessuno ne ha fatti altrettanti. E spesso siamo stati capaci di arrangiarci con lo scotch e il filo di ferro.»

«È un modo di dire?»

«Tutt'altro. Abbiamo gente bravissima, ricercatori capaci di costruire quello che ci serve ricavandolo dai materiali più umili.»

(Mi viene in mente la "filosofia del rotto" di cui scrisse Alfred Sohn-Rethel in viaggio a Napoli negli anni Venti del Novecento. Aveva già visto come, durante un giro in barca, il marinaio s'incaponisse a surriscaldare il motore al solo scopo di metterci sopra una caffettiera e preparare il caffè. Ma rimase ancor più impressionato alla vista di un lattaio che aveva collegato il motore guasto di una motocicletta a una grande forchetta affinché questa, girando, montasse la panna. Gli parve che una tale capacità di dominare la tecnica, di resistere al suo implacabile determinismo e dunque, all'occorrenza, di cambiare la funzione per la quale un meccanismo era stato congegnato, contenesse una speciale dignità umana, come la rivendicazione di una più alta e geniale intelligenza. "La città" scrisse "viveva sotto il Vesuvio ed era quindi costantemente minacciata nella propria esistenza. Di conseguenza, aveva preso parte al diffuso sviluppo tecnico ed economico dell'Europa soltanto a sbalzi, poiché non si poteva mai sapere se l'anno sarebbe trascorso senza catastrofi.")

Ora siamo davanti a un banco ottico, un pianale molto costoso su cui deve operare il laser, e che ha quindi bisogno di una stabilità totale. «Questo» dice Carotenuto «costa veramente caro. Ma, come vedi, sopra ci sono altri strumenti che servono per le misure ottiche. Se li avessimo comprati belli e pronti, avremmo speso due-trecentomila mila euro. Invece abbiamo preso i pezzi separatamente e poi li abbiamo assemblati per conto nostro. Con poche migliaia di euro ci siamo fatti l'apparecchiatura di cui avevamo bisogno.» A Gigi viene da ridere. «Oltretutto, sai com'è, se fossimo a Milano sarebbe diverso: potremmo anche chiamare i rappresentanti delle fabbriche che producono questi strumenti e averli rapidamente per provarli un po'. Da Gianturco è più complicato, ci vorrebbe troppo tempo, e allora facciamo da noi.»

E insomma il 7 febbraio la missione è partita. Ma nelle ore immediatamente precedenti il lancio del Columbus – ore febbrili di messa a punto degli ultimi dettagli, di concitate conversazioni telefoniche, di messaggi che s'incrociavano tra i vari centri europei e Houston – è successo qualcosa che vale la pena di essere rievocato.

«Mi chiamano dall'Olanda» racconta Carotenuto «e mi dicono che a bordo c'è un *lack of mass*, che insomma il carico è più leggero del previsto. E che dunque tutti gli USOC – User Support and Operation Centers – possono approfittarne, come spesso succede, per inviare dei gadget. È una cosa che bisogna decidere subito, là per là, senza perdere troppo tempo. Ci penso su, passo mentalmente in rassegna tutta una lunga fila di stickers, di bandierine, gonfaloni di università, insomma quelle cose che in casi del genere un po' tutti provvedono a tirar fuori, e mi accorgo che non ci siamo. Penso per un momento al gonfalone del comune di Napoli, ma scarto l'idea: non mi sento affatto espressione di questo territorio da un punto di vista politico. Poi però mi ricordo di aver visto appena pochi giorni prima il gadget che forse fa al caso mio. Ero con mia figlia e un gruppo di amici a Mergellina; passeggiavamo tra le bancarelle del lungomare, sai quelle piene della peggio paccottiglia? E tra quella paccottiglia c'erano certe belle statuine di Pulcinella. Ecco: perché non dare un segno che sarà stato anche molto Kitsch, ma comunque forte, della nostra presenza in questa missione? E poi quel Pulcinella lì, che se ne stava abbracciato a un enorme corno portafortuna, sarebbe stato un'ottima benedizione per una apparecchiatura così complessa.»

Detto (pensato), fatto. Gigi si fionda a Mergellina, ritrova la bancarella giusta, interroga l'ambulante. Non può inviare nello spazio un oggetto che rischi di frantumarsi, sarebbe contrario a tutti i protocolli di sicurezza.

«Dotto', nun ve preoccupate, chisto nun se scassa.»

«Ma devo sapere di che plastica è fatto.»

«Ve l'aggio ditto. Nunn'è plastica, è vetroresina.»

Resta un dubbio sulla punta del corno, ma Gigi spera che passi anche quella. Prende il Pulcinella, paga sette euro, torna in ufficio, lo impacchetta e chiama il corriere. Quando il DHL lo recapita in Olanda, i suoi colleghi restano esterrefatti.

«Davvero vuoi far volare questo coso?»

«E perché no?»

«Ma non si è mai visto...»

«Tu vedi di farglielo prendere.»

E insomma Pulcinella passa la prima selezione europea e viene spedito alla NASA. A Houston arriva quattro giorni dopo l'acquisto.

«Non sai che cosa è successo quando hanno aperto la scatola!» telefona a Gigi la sua collega olandese. «Prima sono rimasti basiti, poi si è creato un capannello di curiosi, e alla fine qualcuno ha gridato: "That's Naples!" e tutti giù a ridere.»

Pulcinella viene dunque imbarcato nella stiva 102 dello shuttle. Ma poi dall'Olanda si rifanno vivi con una nuova, pressante richiesta. Ne vogliono un altro. Perché durante il viaggio ci sarà un periodo di depressurizzazione nella stiva, e occorre fare un test di *degassing*, bisogna cioè capire se, in condizione di sottovuoto, quell'oggetto possa emettere qualche gas potenzialmente nocivo.

«E allora, corri di nuovo a Mergellina, ricompra il Pulcinella, e anzi, già che c'ero, ne compro più d'uno. Era venerdì pomeriggio, volevano tutto per lunedì mattina, avevano bisogno degli *engineering models*, le copie conformi di tutto ciò che veniva mandato in orbita. E tra l'altro volevano anche qualche souvenir, per la verità.»

Le prove di *degassing*, a Noordvijk, danno esito negativo. Nulla più osta al volo di Pulcinella. Adesso è lassù che gira felice intorno alla Terra in condizioni di microgravità, in una apparente assenza di peso bilanciata dalla fortissima accelerazione, e nel paradosso di una caduta libera senza fine.

«Tornerà?»

«Tornerà in America, ma non qui.»

Brindiamo a lui qui, al bancone dell'Havana Café di Gianturco, proprio di fronte al MARS. Un cartello scritto col pennarello grosso avverte: "Si prenotano zeppole per S. Giuseppe e pastiere per Pasqua".

Post scriptum

Questo libro si è scritto praticamente da sé tra febbraio e marzo 2008, e ha poi preteso d'essere un poco "aggiornato" nei mesi successivi. Non ha mai voluto essere "politico", e ha pure rinunciato a proporsi come un diario o una cronaca, giacché tutto ciò che di pubblico è successo giorno per giorno in quel periodo è stato amplissimamente registrato da tutti i mezzi d'informazione.

Tuttavia, dovendo cercare un punto fermo, un limite temporale entro il quale chiudere (provvisoriamente?) il discorso, nemmeno un libro disordinato e rapsodico come questo potrebbe ignorare la data del 18 luglio 2008, il giorno in cui il primo ministro Berlusconi annunciò a Napoli la fine dell'emergenza rifiuti e il ritorno della città all'Occidente. Due notizie accolte con animo disuguale.

Se la prima era indubbiamente buona, e sia pure guarnita di una serie di prudenti istruzioni per l'uso, per esempio la distinzione tra "emergenza" (finita) e "crisi" (ancora aperta almeno per due-tre anni, fino al completamento delle strutture necessarie a chiudere il ciclo dello smaltimento dei rifiuti); la seconda suonava invece strana, perché ovviamente l'esser tornati in Occidente è circostanza che dovrebbe comportare l'esserne rimasti fuori, e che dunque indirettamente avvalora un ampio repertorio di antiche freddure, la più nota delle quali definisce Napoli "l'unica città del Medio Oriente priva di un quartiere europeo".

In ogni caso, la bontà della prima notizia era così prevalente da far sì che la seconda potesse filtrare senza eccessivo scandalo, e che il suo eventuale potenziale offensivo si diluisse nella considerazione che il premier s'era semplicemente fatto prendere un po' la mano dall'entusiasmo. Secondo questa ipotesi, l'Occidente di cui si parla non sarebbe certo una alta e complessa categoria o un destino storico e culturale, bensì, assai più modestamente, l'idea di una efficienza moderna che, senza dubbio, aveva fatto difetto alla città negli ultimi tempi. Del resto, Berlusconi l'aveva detto molto chiaramente: «In soli cinquantotto giorni abbiamo realizzato un'opera di civiltà» sicché, per l'appunto «Napoli torna una città occidentale, ordinata e pulita». È dunque chiaro che dall'Occidente, o per meglio dire dalla immagine di efficiente modernità del mondo occidentale, Napoli s'era soltanto assentata per qualche tempo.

Nessun orgoglio veramente ferito, dunque. Al contrario, da parte di alcuni intellettuali di riconosciuta finezza, come per esempio lo storico Paolo Macry, un eccepire sulla validità di uno schema troppo semplificato, tale da presentare un concreto e deciso e meritorio intervento dello Stato alla stregua di un prodigio taumaturgico, di quelli che non si limitano a risolvere un grave problema contingente, ma operano anche nel profondo, e come per incanto, rimossi tutti gli ostacoli, fanno rifiorire la vita e rinascere la speranza. E dunque: possiamo davvero essere sicuri che sia bastato togliere i rifiuti per ridiventare "occidentali"?

A guardarla adesso nei tanti, tambureggianti servizi televisivi; a vedere com'è tornata bella e sicura; a sapere che sì, ha da sempre la vocazione ad affacciarsi verso ponente, ma così occidentale non lo era stata mai, tutti sono contenti di ritrovare l'eterna Napoli, e magari non vedono l'ora di venirci per godere di tutte le bellezze che può offrire.

Certo, di strada da fare ne rimane parecchia, e le condizioni generali della città, della Campania, dell'Europa, dello stesso Occidente, non sono le più floride e incoraggianti. Oggi, però, davanti all'ufficialità a lieto fine di una Napoli di nuovo colorata, gioiosa, ottimista e fiduciosa nell'avvenire, il sospetto ti viene: vuoi vedere che dopotutto non eravamo mai morti, che sotto la cenere le braci erano ancora accese, e che insomma anche stavolta ce l'abbiamo fatta beffandoci della malasorte e anzi riuscendo a sfruttarla come una leva per l'immancabile rinascita?

La risposta, amico mio, sta scritta nel vento. Stamane l'aria è fina e il sole piove in grembo al golfo con una luce pittorica che sa esaltare i profili di ogni cosa bella ed espungere dal quadro le residue, del tutto irrilevanti brutture. Napoli si desta a una meravigliosa giornata carica di promesse. Quante saprà mantenerne?

Indice

Arnoldo Mondadori Editore S.p.A.

Questo volume è stato stampato
presso Mondadori Printing S.p.A.
Stabilimento Nuova Stampa Mondadori - Cles (TN)

Stampato in Italia - Printed in Italy

Ristampa

9 8 7 6 5 4 3 2 1

Anno

2011 2010 2009 2008